베니스의 상인

▶ 정확하고 유려한 번역과 아름다운 디자인의 펭귄클래식,
이제 온라인에서 만나보세요.

1. 펭귄클래식의 최근 소식이 궁금하다면? 공식 페이스북
   https://www.facebook.com/penguinclassicskorea

2. 펭귄클래식 속 좋은 문장과 이벤트 알리미! 트위터
   http://www.twitter.com/ipenguiner

3. 펭귄클래식 마니아들의 아지트! 펭귄클래식 네이버 카페
   http://cafe.naver.com/penguinclassics

윌리엄 셰익스피어

베니스의 상인

작품해설 피터 홀랜드
판본 편집/주해 W. 모엘린 머천트
강석주 옮김

펭귄 클래식 코리아

베니스의 상인

1판 1쇄 발행 2014년 3월 27일
1판 10쇄 발행 2022년 7월 4일

지은이 | 윌리엄 셰익스피어 옮긴이 | 강석주
발행인 | 이재진 단행본사업본부장 | 신동해
편집장 | 김경림 마케팅 | 최혜진 이은미 홍보 | 최새롬
국제업무 | 김은정 제작 | 정석훈

브랜드 펭귄클래식 코리아
주소 경기도 파주시 회동길 20
문의전화 031-956-7066 (편집) 02-3670-1123 (마케팅)
홈페이지 www.wjbooks.co.kr
페이스북 www.facebook.com/wjbook
포스트 post.naver.com/wj_booking

발행처 ㈜웅진씽크빅
출판신고 1980년 3월 29일 제406-2007-000046호

Penguin Classics Korea is the Joint Venture with Penguin Random House Ltd.
Penguin and the associated logo are registered and/or unregistered trademarks of
Penguin Random House Limited. Used with permission.
펭귄클래식코리아는 펭귄랜덤하우스와 제휴한 ㈜웅진씽크빅 단행본사업본부의 브랜드입니다. 펭귄 및 관련 로고는 펭귄랜덤하우스의 등록 상표입니다. 허가를 받아야만 사용할 수 있습니다.

이 책은 저작권법에 따라 보호받는 저작물이므로 무단 전재와 무단 복제를 금지하며,
책 내용의 전부 또는 일부를 이용하려면 저작권자와 ㈜웅진씽크빅의 서면 동의를 받아야
합니다.

한국어판 ⓒ 웅진씽크빅, 2014

ISBN 978-89-01-16342-0 04800
ISBN 978-89-01-08204-2 (세트)

• 잘못된 책은 구입하신 곳에서 바꾸어 드립니다.
• 책값은 뒤표지에 있습니다.

차례

베니스의 상인 · 7

작품해설 : 반유대주의와 인종차별주의 · 177
『베니스의 상인』 공연의 역사 · 229
판본에 대하여 · 240

베니스의 상인

The Merchant of Venice

등장인물

베니스의 공작
안토니오　　　베니스의 상인
밧사니오　　　안토니오의 친구, 포샤의 청혼자
그라시아노　　안토니오와 밧사니오의 친구
살레리오　　　안토니오와 밧사니오의 친구
솔라니오　　　안토니오와 밧사니오의 친구
로렌조　　　　제시카의 연인
레오나르도　　밧사니오의 하인
샤일록　　　　베니스의 유대인
제시카　　　　샤일록의 딸
튜발　　　　　베니스의 상인, 샤일록의 친구
랜슬럿 고보　　샤일록의 하인
늙은 고보　　　랜슬럿의 아버지
포샤　　　　　벨몬트의 상속녀
네리사　　　　포샤의 시녀
모로코의 영주　포샤의 청혼자
애러곤의 영주　포샤의 청혼자
발사자　　　　포샤의 하인
스테파노　　　포샤의 하인

하인

전령

안토니오의 부하

서기

베니스의 고관들, 법정의 관리들, 간수, 연주자들, 하인과 다른 수행원 들

1막

1장

안토니오, 살레리오 그리고 솔라니오[1] 등장

안토니오
    정말이지 내가 왜 이렇게 우울한지 모르겠네.[2]
    자네들도 짜증 난다 하지만, 진짜 짜증 나는 건 날세.
    하나 내가 어찌 우울증에 걸리고 이를 발견한 건지
    그것이 무엇으로 만들어졌는지 어디서 생겨난 건지
    도무지 모르겠네.
    그놈의 우울증이 날 멍청이로 만들어놓아서
    나 자신조차 모를 정도라니까.

살레리오
    자네의 마음은 바다 위에서 흔들리고 있어.
    그곳에서는 위풍당당하게 돛을 단 자네의 상선들이
    바다에 떠 있는 귀족과 부호 들처럼
    혹은 바다의 화려한 행렬이나 되는 것처럼,
    고개 숙여 절하며 경의를 표하는

작은 상선들을 내려다보며
　　천으로 짠 날개들을 펼치고 그들을 스쳐 지나가고 있지.
솔라니오
　　정말이지 여보게, 내가 그런 재산을 바다에 내보냈다면
　　내 관심의 대부분은 멀리 나가 있는 내 기대와
　　함께 있을 걸세. 바람이 어디에서 머무는지 알기 위해
　　계속해서 풀을 뜯어 날릴 것이고, 항구와 부두 그리고
　　정박지를 찾기 위해 지도를 샅샅이 뒤질 것이며
　　내 재산을 위태롭게 할 듯한 걱정거리는 모두
　　날 우울하게 만들 게 틀림없네.
살레리오
　　입김으로 국을 식히다가도
　　바다에서 바람이 얼마나 큰 손해를 입힐지 생각하면
　　오한에 걸리고 말 걸세.
　　모래시계의 모래가 흘러내리는 걸 바라보면
　　반드시 여울이나 모래톱을 생각할 테고
　　물건을 가득 실은 내 앤드류 호[3]가 모래 속에 처박혀
　　돛대 꼭대기가 늑재보다 낮게 기울어
　　제 무덤에 입 맞추는 걸 연상할 걸세.
　　교회에 가서 거룩한 석조 건물을 보면
　　즉시 위험한 암초를 생각하겠지.
　　암초는 매끈한 내 배 옆구리에 살짝 닿기만 해도
　　배를 산산조각 내어 바다 위에 흩어놓고
　　내 비단이 요동치는 바다를 감싸겠지.
　　한마디로 말해, 지금의 이 같은 부가
　　한순간에 사라지지 않겠나? 그런 일을 생각한다면,

그런 일이 일어날 수도 있다고 생각한다면
　　어찌 우울하지 않을 수 있겠나?
　　말하지 않아도 안다네. 안토니오는
　　자기 물건들을 생각하느라 우울하다는 걸 말일세.

안토니오

　　정말이지 그런 게 아니라네. 감사할 일이지만 다행히도
　　내 재산은 배 한 척에만 실려 있는 것도 아니고
　　한곳에만 가 있는 것도 아닐세. 또 내 전 재산이
　　올해 운에 달려 있는 것도 아니란 말이야.
　　그러니 물건들 때문에 우울한 게 아니라네.

솔라니오

　　그럼 사랑에 빠진 모양이군.

안토니오

　　천만에, 말도 안 되네!

솔라니오

　　사랑에 빠진 것도 아니라고? 그럼 자네가 우울한 건
　　즐겁지 않아서라고 해야겠군. 그건 자네가
　　웃고 뛰어오르는 것만큼 쉬운 일일세. 우울하지 않으니
　　즐겁다고 생각하면 될 것 아닌가. 두 얼굴의 야누스[4]를 걸고
　　맹세컨대 자연은 옛날부터 이상한 사람들을 만들어놓았네.
　　어떤 사람들은 항상 눈을 가늘게 뜨고 쳐다보다가
　　앵무새처럼 피리 부는 사람만 봐도 웃는 반면
　　항상 얼굴을 찡그리고 있는 자들이 있지.
　　이들은 네스토르[5]조차 우습다 할 만한 농담에도
　　이를 드러내어 웃으려 하지 않는다네.

　　　　밧사니오, 로렌조 그리고 그라시아노 등장

　　여기 자네의 가장 소중한 친척 밧사니오와
　　그라시아노, 로렌조가 오는군. 잘 있게.
　　더 좋은 친구들이 왔으니 우린 이만 가보겠네.
살레리오
　　더 훌륭한 친구들이 오지만 않았더라도
　　자넬 즐겁게 할 때까지 머물러 있었을 걸세.
안토니오
　　자네들은 내게 참으로 소중한 친구들일세.
　　자네들 해야 할 일이 바빠
　　마침 기회를 잡아 가려는 걸로 알겠네.
살레리오
　　안녕하신가, 여러분.
밧사니오
　　두 양반도 안녕하신가. 언제 우리 즐겁게 보내지? 말해 보게.
　　언제가 좋을까? 자네들 요즘 정말 이상해. 그래야만 하나?
살레리오
　　함께 어울릴 시간을 내보도록 하겠네.

　　　　살레리오와 솔라니오 퇴장

로렌조
　　밧사니오 경, 안토니오를 만났으니
　　우리 두 사람은 가보겠네. 하지만 저녁 식사 시간에
　　만나기로 한 장소는 잊지 않길 바라네.

밧사니오

  잊지 않겠네.

그라시아노

  안색이 좋지 않군, 안토니오 경.
  자넨 세상사 걱정이 너무 많아.
  걱정이 지나치면 결국 얻은 걸 잃게 되지.[6]
  정말이지, 자넨 몰라보게 변했어.

안토니오

  그라시아노, 난 세상을 있는 그대로 받아들일 뿐이야.
  세상은 모든 사람의 역할이 있는 무대이고[7]
  난 우울한 배역이라네.

그라시아노

  난 광대 역을 맡겠네.
  늙어서 생기는 주름을 웃음과 기쁨으로 만들고
  고통스러운 신음으로 심장을 식히기보다는
  차라리 포도주로 간을 뜨겁게 데우겠네.[8]
  몸속에 따뜻한 피가 흐르는 인간이 왜
  석고상으로 만든 할아버지처럼 앉아 있어야 하는가?[9]
  깨어 있는데도 자야 한단 말인가? 괜히 까다롭게 굴어
  황달에 걸려야 한단 말인가? 안토니오, 분명히 말하지만
  난 자네를 사랑하네. 사랑하니까 이런 말을 하는 걸세.
  세상에는 고여 있는 연못처럼 얼굴에 찌꺼기가 끼고
  거품이 생기는 그런 사람들이 있지. 그들은 일부러
  침묵을 즐기는데, 그건 현명하고 위엄 있고 신중하다는
  그런 평가를 받고 싶기 때문이라네. 마치 '나는 신탁을
  말하는 사람이니 내가 입을 열 때는 개도 짖지 말게 하라'고

말하는 자처럼 말이지. 오, 안토니오,
난 이런 자들을 알고 있네. 단지 말이 없기 때문에
현명하다는 평을 듣는 자들 말일세.[10]
그들이 입만 열면
주변 사람들은 자신들의 귀를 저주하고
자기 형제들을 바보라고 부르게 될 걸세.[11]
다음번에 이것에 대해 좀 더 자세히 말해 주겠네.
하지만 이런 우울증이라는 미끼로 바보 물고기[12]라는
평판을 낚을 생각은 하지 말게.
가세, 로렌조. 그럼 그동안 잘 있게.
내 설교는 저녁 식사 후에 마저 하겠네.

로렌조

좋아, 그럼 헤어졌다가 저녁 식사 때 보세.
나도 이 말 없는 현자들 중 한 사람이 될 수밖에.
그라시아노가 내게 말할 기회를 주지 않거든.

그라시아노

2년만 더 나와 어울려 다녀보게.
자네 자신의 목소리도 알아듣지 못하게 될 걸세.

안토니오

잘들 가게. 이번 기회에 나도 수다쟁이가 되어야겠군.

그라시아노

정말 고맙네. 침묵으로 칭찬받을 만한 것은
말린 소 혓바닥이나 결혼할 수 없는 처녀의 경우뿐이지.

　　　그라시아노와 로렌조 퇴장

안토니오
  지금 저 말은 무슨 뜻인가?
밧사니오
  그라시아노는 베니스를 통틀어 어느 누구한테도 지지 않고
  끝없이 헛소리를 지껄일 수 있는 자라네. 이치에 맞는 생각이
  라곤 왕겨 두 가마 속에 섞인 밀알 두 톨 정도일까. 그걸 찾으
  려면 하루 종일 걸릴 테고, 찾아내 봤자 수고의 가치도 없는
  것들이지.
안토니오
  그건 그렇고, 자네가 은밀한 순례여행[13]을 맹세한
  그 아가씨가 누구인지 말해 보게.
  오늘 내게 알려주겠다고 약속하지 않았나.
밧사니오
  안토니오, 자네도 모르는 바는 아니지만
  난 지금까지 재산을 탕진해 왔네.
  미미한 내 재산으로는
  감당할 수 없을 정도로 분수에 넘치는
  낭비를 해왔기 때문일세.
  이제 그런 호사스러운 생활수준을
  낮춰야 하는 것 때문에 불평하는 건 아니지만
  가장 큰 걱정거리는, 지나치게 방탕하던 시절
  내가 진 엄청난 빚을 청산하는 걸세.
  안토니오, 난 자네에게 금전적으로나 애정적으로
  가장 큰 빚을 지고 있네.
  자네의 사랑을 믿고 내가 진 빚 전부를
  청산할 계획과 목적을 다 털어놓겠네.

안토니오
 밧사니오, 제발 모두 말해 주게나.
 그리고 자네가 항상 그러하듯, 그 계획이
 명예로운 것이라면, 내 지갑, 나 자신, 내 돈 마지막 한 푼까지
 자네에게 줄 생각이니 안심하게나.
밧사니오
 학창 시절, 화살 하나를 잃어버리면
 난 그 화살을 찾기 위해 모양과 무게가 같은 화살을
 같은 방향으로 좀 더 조심스럽게 바라보며 쏘았네.
 그리고 난 둘 다를 잃어버릴 수도 있는 모험을 통해
 화살을 모두 찾곤 했지. 이런 어린 시절 얘기를 하는 건
 다음에 할 얘기가 참으로 천진스러운 내용이기 때문일세.
 난 자네에게 많은 것을 빚졌고, 제멋대로인 젊은이처럼
 빚진 전부를 탕진해 버렸네. 하지만 만약
 자네가 첫 번째 화살을 쏘았던 방향으로 기꺼이
 다른 화살을 또 쏘아준다면, 내가 방향을 지켜보고 있다가
 반드시 두 화살을 모두 찾아오거나, 아니면
 나중에 모험삼아 쏜 화살은 되돌려 주고
 첫 번째 화살에 대해서만 고맙게 채무자로 남겠네.
안토니오
 자네가 날 잘 알면서도, 이처럼 격식을 차려
 내 사랑을 떠보려는 것은 시간 낭비일 뿐일세.
 그리고 무엇이든 최대한 하려는 내 진심을 의심하는 것은
 자네가 내 재산을 모두 탕진해버린 것보다도
 내게 더 많이 잘못하는 걸세.
 그러니 자네가 생각하기에 내가 할 수 있는 일 중,

내가 할 일을 말만 하게.
당장 할 준비가 되어 있네. 그러니 어서 말하게.

밧사니오

벨몬트에 엄청난 유산을 받은 여인이 있네.
그녀는 아름답다는 말 이상으로 아름답고
훌륭한 미덕까지 갖추고 있다네. 때로 그녀의 눈에서
무언의 호감 어린 메시지를 받았다네.
그녀의 이름은 포샤인데, 케이토의 딸이자
브루투스의 아내인 포샤[14] 못지않은 여인이지.
온 세상이 그녀의 가치를 알고 있어.
동서남북 사방의 연안에서 불어오는 바람이
명성 높은 구혼자들을 몰아오지. 그녀의 빛나는 머리칼은
황금 양털[15]처럼 그녀의 관자놀이에 걸려 있어
그녀가 사는 벨몬트를 콜키스의 해안으로 만들고
많은 이아손들이 그녀를 얻으려 찾아온다네.
오, 안토니오, 내게 그들 중 한 사람으로
경쟁할 수 있는 재력만 있다면
난 분명 운이 좋아 그 행운을
차지할 거라는 예감이 든다네.

안토니오

자네도 알다시피, 내 재산은 모두 바다에 나가 있어
지금은 돈도 없고, 당장 필요한
금액을 마련할 상품도 없다네. 그러니 나가서
내 신용으로 베니스에서 할 수 있는 걸 해보게.
자네를 벨몬트로, 아름다운 포샤에게로 데려다 줄
최대한의 비용을 끌어모아 보게나.

당장 가서 어디에서 돈을 구할 수 있는지 알아보게.
나도 그럴 테니. 내 신용이나 나 자신이라면
그 비용을 구할 수 있을 거라 믿어 의심치 않네.

    모두 퇴장

2장

포샤가 시녀인 네리사[16]와 함께 등장

포샤
  정말이지 네리사, 내 작은 몸은 이 거대한 세상이 지겹구나.[17]
네리사
  아가씨, 아가씨의 불행이 아가씨의 엄청난 재산만큼이나 크다면 그러시겠지요. 제가 아는 바로는, 너무 많이 먹는 자도 아무것도 먹지 못해 굶주리는 자와 마찬가지로 아프지요. 하니 적절하게 산다는 건 작지 않은 행복입니다. 지나치면 더 빨리 백발이 되지만, 적절하면 더 오래 사는 법이지요.
포샤
  좋은 격언을 잘도 말하는구나.
네리사
  잘 이행한다면 더 좋겠지요.
포샤
  어떤 일을 하면 좋은지 아는 만큼 실천하는 게 쉽다면, 작은 예배당이 커다란 교회가 되었을 것이며, 가난한 사람들의 오두막이 왕들의 궁전이 되었을 것이다. 자신이 가르치는 교훈을 그대로 실천하는 분은 훌륭한 성직자지. 자신의 가르침을 실천하는 스무 명 중 하나가 되는 것보다, 실천하면 좋은 일을 스무 명에게 가르치는 게 훨씬 쉬워. 두뇌는 혈기를 다스릴 법률을 고안해 낼 수 있지만, 울화는 차디찬 법령을 뛰어넘는다. 미친 토끼 같은 청춘은, 절름발이인 선한 충고의 그물망을 뛰어넘어 버리지. 하지만 이런 생각은 내가 남편감을 선택하는 방식과는 달라. 아아, '선택'이라는 단어! 난 내가 원하는 사람을 선택할 수도, 내가 싫어하는 사람을 거절할 수도 없어. 살아 있는 딸의 의지가 돌아가신 아버지의 의지에 얽매여야 하다니. 네리사, 내가 누구를 선택할 수도 거절할 수도 없다는 건 너무하지 않아?

네리사

아가씨의 아버님은 참으로 훌륭한 분이셨습니다. 성스러운 분들은 임종의 순간, 좋은 영감을 갖는다고 합니다. 그러니 이 금, 은, 납으로 된 세 개의 상자 속에 그분이 고안하신 행운은, 분명 아가씨께서 합당하게 사랑할 분이 합당하게 선택하실 거예요. 그런데 이미 오신 귀공자 청혼자들 중 아가씨 마음에 드는 분이 있으신가요?

포샤

네가 그분들 이름을 말해 보렴. 네가 이름을 말하면, 난 그분들을 묘사해 볼 테니, 설명을 듣고 내 애정을 알아맞혀 봐라.

네리사

첫 번째로 나폴리의 군주[18]가 있지요.

포샤

그래, 그분은 정말이지 망아지야. 자기 말 얘기밖에 하지 않거든. 그리고 그 말에 손수 편자를 박을 수 있다는 걸 아주 훌륭한 능력이나 되는 듯 여기는 사람이야. 그분의 어머니가 대장장이와 잘못된 관계를 맺은 건 아닌지 걱정스러워.

네리사

다음은 팰러타인 백작[19]입니다.

포샤

그분은 항상 찡그리고만 있어. 마치 "당신이 날 원하지 않는다면, 마음대로 골라보시지"라고 말하는 사람처럼 말야. 그분은 즐거운 얘기를 듣고도 웃지를 않아. 젊은 시절에도 그리 예의 없이 우울함으로만 가득 차 있으니, 나이가 들면 울보 철학자[20]가 될까 걱정스러워. 이들 중 한 사람과 결혼할 바에는 차라리 입에 뼈다귀를 문 해골바가지와 결혼하는 게 낫겠어. 하느님, 이 두 사람에게서 절 지켜주소서!

네리사

프랑스 귀족, 르 봉 경은 어떻게 생각하세요?

포샤

하느님께서 그분을 만드셨으니 그분도 남자라고 해줘야겠지. 사실 남을 조롱하는 게 죄라는 건 나도 알아. 하지만 그분은 글쎄, 나폴리 군주보다 더 좋은 말을 갖고 있고, 찡그리는 나쁜 습관은 팰러타인 백작보다 더해. 그분은 자신의 모습은 없고 다른 사람 흉내만 낸단 말야. 티티새가 노래하면 그분은 곧바로 깡충깡충 춤을 추지. 자기 그림자와도 칼싸움을 할걸. 만약 내가 그분과 결혼하면 스무 명의 남편과 결혼하는 것과 같아. 그분이 날 경멸한다 해도 용서하겠어.

그분이 날 미치도록 사랑한다 해도 결코 그 사랑에 보답할 수 없을 테니까.
네리사
그럼 영국의 젊은 남작 팰콘브리지는 어떠세요?
포샤
내가 그분에겐 한 마디도 하지 않는 걸 너도 알잖니. 그분은 내 말을 이해 못하고, 나도 그분 말을 이해 못해. 그분은 라틴어, 프랑스어, 이탈리아어도 몰라. 그리고 내가 영어를 조금도 못한다는 건 네가 법정에서 증언이라도 할 수 있을 정도잖아. 품위 있는 분이지만, 애석하게도 누가 손짓 발짓으로만 대화할 수 있겠어? 옷은 얼마나 이상하게 입었는지! 내 생각엔 상의는 이탈리아에서, 꽉 끼는 바지는 프랑스에서, 모자는 독일에서, 그리고 행동거지는 이곳저곳에서 산 것 같아.
네리사
그분의 이웃, 스코틀랜드 귀족은 어떻게 생각하세요?
포샤
그분은 이웃을 위한 자비심이 있어. 그 영국 귀족에게 따귀를 한 대 얻어맞고서도 나중에 기회가 되면 갚겠다고 맹세했거든. 내 생각엔 그 프랑스 사람이 보증인이 되어 보증서에 서명한 것 같아.[21]
네리사
색소니 공작의 조카인 그 젊은 독일인은 어떠세요?
포샤
그 사람은 정신이 말짱한 아침에도 정말 싫지만, 술에 취한 저녁엔 더 싫어. 최상일 때도 인간 이하지만, 최악일 땐 짐

승보다 나을 게 없지. 내가 최악의 상황에 처하더라도, 그 사람 도움을 받지 않고 살아갈 수 있기를.

네리사

만약 그분이 상자를 선택하겠다고 해서 옳은 상자를 골랐는데, 아가씨가 그분을 받아들이는 걸 거부하시면, 아버님의 유언을 따르지 않는 게 될 텐데요.

포샤

그런 최악의 상황이 걱정돼서 너한테 라인산 포도주[22] 한 잔을 틀린 상자 위에 올려놓으라고 한 거야. 상자 안에 악마가 있더라도 상자 밖에 유혹하는 술잔이 있으면, 난 그가 그 상자를 고를 거라는 걸 알아. 네리사, 난 무슨 짓을 해서라도 술을 빨아들이는 스펀지와는 결혼하지 않을 거야.

네리사

아가씨, 이 귀족들 중 어느 누구와 결혼할 걸 걱정하실 필요는 없어요. 그분들은 자신의 결정을 제게 알렸는데, 상자 선택에 따르라는 아가씨 아버님의 뜻을 따르는 것 이외의 다른 어떤 수단으로 아가씨를 얻을 수 없다면, 고향으로 돌아갈 것이며 더 이상 구혼으로 아가씨를 괴롭히지 않겠다고 했어요.

포샤

만약 내가 시빌라[23]처럼 오래 살게 되더라도 아버님의 유언 방식대로 남편감을 얻지 못한다면, 난 다이애나 여신[24]처럼 순결한 상태로 죽을 테야. 이 구혼자들 무리가 분별력이 있어 기쁘구나. 머물렀으면 하는 사람이 단 한 명도 없으니 말야. 하느님께서 제발 그들이 잘 떠나게 해주시기를.

네리사

아가씨, 아버님께서 살아계실 때 몽페라 후작[25] 일행과 이곳에 왔던 학자이자 군인[26]인 베니스 사람을 기억하세요?

포샤

그래, 그래, 밧사니오라는 분이었지. 내 기억에 그 이름이었던 것 같아.

네리사

맞아요, 아가씨. 어리석은 제 눈으로 본 모든 남자들 중에서 그분이 아름다운 아가씨를 맞이할 만한 가장 훌륭한 분이셨어요.

포샤

그분을 잘 기억하고 있어. 내 기억으로도 너의 찬사를 받을 만한 분이었던 것 같아.

하인 등장

그런데, 무슨 소식이지?

하인

아가씨, 이방인 네 명이 작별 인사를 하려고 아가씨를 찾고 있습니다. 그리고 다섯 번째 청혼자인 모로코 군주에게서 전령이 도착했습니다. 모로코 군주께서 오늘 밤 이곳에 도착하실 거라는 소식입니다.

포샤

다른 네 사람에게 작별을 고하는 것처럼 즐거운 마음으로 다섯 번째 구혼자를 맞이할 수 있다면, 그의 도착을 기뻐할 수 있으련만. 만약 그분이 성자의 성품과 악마 같은 시커먼 얼굴[27]을 갖고 있다면, 난 그분이 내 남편보다는 고해신부님이 되어주었으면 좋겠어. 가자, 네리사. 너는 먼저 가보거라. 한 명의 구혼자에게 문을 닫으니 다른 이가 문을 두드리는구나.

모두 퇴장

3장

밧사니오가 유대인 샤일록[28]과 함께 등장

샤일록
  3천 더컷[29]이라, 글쎄요.
밧사니오
  그렇소이다. 석 달 동안이오.
샤일록
  석 달 동안이라, 글쎄요.
밧사니오
  말씀드렸듯, 안토니오가 보증 설 것이오.
샤일록
  안토니오가 보증 선다, 글쎄요.
밧사니오
  빌려줄 수 있소? 내 청을 들어주겠소? 확답해 주겠소?
샤일록
  3천 더컷을 석 달 동안, 그리고 안토니오가 보증 선다.

밧사니오

대답해 주시오.

샤일록

안토니오는 훌륭한 분이시죠.

밧사니오

무슨 나쁜 평이라도 들었소?

샤일록

호, 아닙니다, 아니, 아니, 아니지요! 훌륭한 분이라고 말씀 드린 건 그분 재력이 충분하다는 뜻이오. 하지만 그분 재산은 불확실한 상황에 있어요. 상선 한 척은 트리폴리스로 향하고 있고, 다른 한 척은 인도로 향하고 있지요. 더구나 리알토[30]에서 들은 바로는 세 번째 상선이 멕시코에 있고, 네 번째 상선은 영국을 향하고 있으며 다른 재산들도 모두 해외에 흩어져 있다더군요. 하나, 배라는 것들이 널빤지에 불과하고 선원들도 인간인지라 땅쥐와 바다쥐가 있는 것처럼, 바다 도적들과 육지 도적들이 있고—해적들 말입니다—게다가 파도, 태풍 그리고 암초의 위험도 있습니다. 그럼에도 그분의 재력은 충분하지요. 3천 더컷이라. 그분의 보증을 받아들이겠소이다.

밧사니오

안심해도 될 것이오.

샤일록

안심할 수 있겠지요. 그런데 내가 안심할 수 있도록, 좀 생각을 해봐야겠소. 안토니오와 얘기를 할 수 있겠소?

밧사니오

우리와 함께 식사하는 게 괜찮다면.

샤일록

  그래, 돼지고기 냄새를 맡고 당신들의 예언자 나사렛 예수[31]가 주문을 걸어 악마를 몰아넣은 그 고기 살점을 먹으라는 거군. 난 당신들과 거래하고 물건을 팔고 말도 하고 걷기도 하는 등 여러 가지를 하겠지만, 당신들과 함께 먹고 마시고 기도하진 않겠소.[32] 리알토에 무슨 소식이 있나? 이리로 오는 사람이 누구요?

    안토니오 등장

밧사니오
  안토니오 경이시오.
샤일록
  (방백) 저자는 어쩜 저리 아첨하는 세리[33]와 닮았는지.
난 저자가 기독교인이라서 정말 싫어.
하지만 그보다도 저자가 어리석게
돈을 공짜로 빌려줘서 이곳 베니스에서
우리들의 이자율을 끌어내리기 때문에 더 싫어.
저자를 내 마음대로 억누를 수만 있다면
저자에게 품고 있는 해묵은 원한을 단단히 갚아줄 거야.
그는 성스러운 우리 민족을 증오하고
상인들이 많이 모이는 곳에서조차
나와 나의 거래 그리고 내가 정당하게 얻은 이익을
이자라고 부르며 욕하지. 내가 저자를 용서한다면
우리 종족에게 저주가 떨어지리라.[34]

밧사니오

  샤일록, 내 말 듣고 있소?

샤일록

  내 수중에 있는 돈을 계산하고 있는 중이오.
  대충 생각나는 대로 헤아려봐도
  당장 3천 더컷 전부를
  끌어모을 순 없소. 이건 어떻소?
  내 동족 중에 튜발[35]이라고 부유한 유대인이 있는데
  그가 내게 융통을 해줄 거요. 하지만 잠깐. 몇 달 동안
  필요하시다고? (안토니오에게) 잘 지내셨습니까, 나리!
  방금 나리 얘기를 하고 있었습니다.

안토니오

  샤일록, 나는 비록 이자를 주고받으며
  돈을 빌리거나 빌려주지도 않지만
  내 친구의 다급한 상황을 도와주려면
  그 관례를 깨야겠소. (밧사니오에게) 얼마가 필요한지
  이자에게 알려주었나?

샤일록

  예, 예, 3천 더컷이죠.

안토니오

  그리고 석 달 동안.

샤일록

  깜박했군요. 석 달 동안이라고 말씀하셨지요.
  자, 그럼 보증을 서시지요. 잠깐, 나리께서는
  이자를 주고받으며 돈을 빌리거나 빌려주지는 않는다고
  말씀하신 걸로 알고 있는데요.

베니스의 상인

안토니오

  절대로 그런 일은 없소.

샤일록

  야곱이 그의 숙부 라반의 양을 칠 때—
  우리의 성스러운 아브라함의 후손인 이 야곱은
  그의 지혜로운 어머니가 그를 대신해 힘써서,
  세 번째 상속자,[36] 그래요, 세 번째 상속자가 되었지요.

안토니오

  야곱이 어쨌다는 거요? 그가 이자를 받았소?

샤일록

  천만에요. 이자를 받지 않았죠. 나리가 말씀하시는 것처럼
  직접적인 이자는 받지 않았죠. 야곱이 어찌했나 들어보세요.
  라반과 야곱이 서로 약조하기를
  줄무늬가 있거나 얼룩덜룩한 새끼 양들은 모두
  야곱의 품삯으로 주기로 했을 때
  가을이 끝나 갈 무렵
  발정한 암양들이 숫양들을 찾았지요.
  그리고 이 털이 많은 양들 사이에 짝짓기가 이루어질 때
  그 능숙한 양치기는 껍질을 벗긴 나무 막대를
  교미가 이루어지는 동안
  달아오른 암양들 앞에 꽂아두었죠.
  그때 새끼를 밴 암양들은 해산할 때가 되어
  얼룩덜룩한 양들을 낳았고, 모두 야곱 차지였죠.[37]
  이게 부자가 된 방법이었고, 그는 축복을 받았지요.
  돈 버는 것은 축복입니다. 훔치지만 않는다면요.

안토니오

　이보시오, 야곱이 했던 짓은 일종의 투기였소.

　그의 능력으로 일어난 일이 아니라,

　하느님의 손길에 의해 계획되고 좌우된 거요.

　이자를 정당화하려고 그 얘기가 성경에 쓰였다는 거요?

　아니면 당신의 금화와 은화가 암양과 숫양이라는 거요?

샤일록

　그건 모르지만, 내 돈도 그만큼 빠르게 새끼 치지요.

　제 말을 들어보세요, 나리—

안토니오

　밧사니오, 이걸 알아두게.

　악마도 자신의 목적을 위해 성서를 인용할 수 있지.

　거룩한 증언을 꾸며내는 악한 영혼은

　미소 짓고 있는 악당과 같다네.

　겉은 번지르르하지만 속은 썩어 있는 사과지.

　오, 거짓조차도 그 겉모습은 얼마나 그럴듯한지![38]

샤일록

　3천 더컷이라, 거참 꽤나 큰돈이군.

　열두 달 중에 석 달이라, 그렇다면 가만 이자가…

안토니오

　좋아, 샤일록, 당신에게 기대해도 되겠소?

샤일록

　안토니오 나리, 나리께서는

　리알토에서 여러 번이나 제 돈과

　제 이자에 대해 욕하셨지요.

　지금까지 전 어깨를 으쓱하며[39] 참아왔습니다.

참는 것이 우리 종족의 표식[40]이니까요.
당신은 날 이단자,[41] 흉악한 개라고 부르며
나의 유대인 외투에 침을 뱉지요.
이 모든 게 내가 내 돈을 쓰는 것 때문이고요.
자, 그런데 이제 당신은 내 도움이 필요한 것 같군요.
이것 참. 당신은 내게 와서 말하는군요.
'샤일록, 우리에게 돈이 필요하게 됐네.' 이렇게 말이죠.
내 턱수염에 가래침을 뱉고
당신 문지방에서 낯선 똥개를 쫓아내듯
나를 발로 찬 당신인데, 지금 와서 돈을 청하시는군요.
제가 나리께 뭐라고 말해야 하죠?
'개가 돈을 가지고 있나요? 똥개가 3천 더컷을
빌려줄 수 있습니까?' 라고 할까요? 아니면
허리를 낮게 굽혀 종놈의 어조로
숨을 죽이고 겸손하게 속삭이며
이렇게 말할까요?
'훌륭하신 나리, 나리께서 지난 수요일 제게 침을 뱉으셨고,
어느 날엔가는 제게 발길질을 하셨고, 언젠가는
저를 개라고 부르셨으니, 이런 호의에 대한 보답으로
이렇게 많은 돈을 빌려드리겠습니다.' 하고 말이죠.

안토니오
　　난 앞으로도 당신을 그렇게 부를 것이고,
　　당신에게 침을 뱉고 발길질도 할 것이오.
　　만약 이 돈을 빌려줄 생각이라면
　　친구에게 빌려주듯 하진 마시오. 생명을 잉태할 수 없는
　　친구의 쇠붙이에서 우정이 싹틀 수는 없는 법.

돈을 빌려주려거든 차라리 당신 원수에게 빌려주시오.
그가 파산한다면, 당신은 흡족한 얼굴로
위약금을 받아낼 수 있을 테니.

샤일록

거참, 거칠게도 화내시는군요!
전 나리의 친구가 되어 나리의 사랑을 얻고 싶어요.
나리께서 제게 주신 모욕은 잊어버리고
나리에게 당장 필요한 돈을 빌려드리면서, 내 돈에 대한
이자도 받지 않으려 하는데 제 말을 들으시려 하지 않는군요.
이건 제가 베푸는 친절[42]입니다.

밧사니오

그런 게 친절이지.

샤일록

제가 이 친절을 보여드리겠습니다.
저와 함께 공증인에게 가서, 차용증서 한 장에
날인해 주십시오. 그리고 장난 삼아
나리께서 어느 날, 어느 장소에서
증서에 표시한 어느 액수를
제게 갚지 못한다면, 벌금으로
나리의 몸 어느 부분에서건 제가 원하는 대로
정확하게 흰 살[43] 1파운드를
베어낼 수 있도록 정하는 겁니다.

안토니오

참으로 좋소. 그 차용증서에 서명하겠소.
그리고 유대인도 상당히 친절하더라고 말하겠소.

밧사니오

    나 때문에 그런 증서에 서명해서는 안 되네.

    그러느니 차라리 곤궁하게 살겠네.

안토니오

    이보게, 걱정 말게. 내가 벌금을 물게 되진 않을 걸세.

    앞으로 두 달 내로—그러니까 이 증서가 만료되기

    한 달 전에—이 증서의 금액

    세 배에 세 곱을 한 만큼의 돈이 돌아올 걸세.

샤일록

    오 아버지 아브라함이시여, 이 기독교인들은 어떤 인간인가요.

    자신들이 가혹한 거래를 일삼으니 다른 사람들의 생각도

    의심하는군요! 제발 제 말을 들어보십시오.

    만약 그가 날짜를 어긴다면, 제가 그 벌금으로

    무슨 이득을 보겠습니까?

    사람에게서 베어낸 살 1파운드는

    양고기나 쇠고기, 혹은 염소고기만큼도

    가치가 없고, 이득이 될 수도 없지요.

    난 그저 나리의 호의를 얻으려 이런 우정을 베푸는 겁니다.

    받아들이실 거라면 그렇게 하시고, 아니라면 할 수 없죠.

    제발 내 마음은 곡해 마시기를.

안토니오

    알겠소, 샤일록. 증서에 날인하겠소.

샤일록

    그럼 당장 공증인 사무실에서 만나시지요.

    그에게 이 흥미로운 증서를 작성하라 지시하세요.

    저는 즉시 가서 필요한 돈을 마련해 가지고

절약할 줄 모르는 이에게
불안하게 맡겨 둔 제 집에 들렀다가, 곧바로
그곳으로 가겠습니다.

    퇴장

안토니오
  서둘러 가시오, 친절한 유대인.
  저 히브리인, 기독교로 개종하겠는걸.[44] 점점 친절해지는군.
밧사니오
  말은 번지르르하지만 악의가 담겨 있어 기분이 나쁘군.
안토니오
  걱정 말게. 잘못될 리 없는 일이니.
  내 배들은 만료일 한 달 전에 귀향한단 말일세.

    모두 퇴장

2막

1장

화려한 코넷 연주 소리. 온통 흰 옷을 입은 황갈색 무어인 모로코의 군주,[1] 같은 차림의 수행원 서너 명 등장. 포샤와 네리사, 그들 일행도 함께 등장

모로코
 내 얼굴색 때문에 날 싫어하진 마시오.
 이는 빛나는 태양이 입혀준 옷이고,
 난 태양과 이웃하여 가깝게 자랐소.
 포이보스[2]가 고드름을 녹인 적 없는
 북쪽에서 태어난 가장 하얀 자를 내게 데려와 보시오.
 당신의 사랑을 얻기 위해, 그와 나 중에서
 누구의 피가 더 붉은지[3] 상처를 내 증명해 봅시다.
 아가씨, 분명히 말씀드리지만, 내 모습을 보고
 용감한 자들도 두려워했소. 내 사랑을 걸고 맹세하건대
 우리 나라에서 최고로 여기는 처녀들도
 내 모습을 사랑했소. 당신 마음을 얻기 위한 것만 아니라면

얼굴색을 바꾸지는 않을 것이오, 나의 여왕이시여.

포샤

배필을 선택함에 있어서 전
처녀의 섬세한 안목에만 이끌리지는 않습니다.
게다가 제 운명을 결정하는 제비뽑기는
저의 자발적인 선택권을 가로막고 있지요.
하지만 만약 제 아버지께서 절 제약하지 않고
이미 말씀드린 방법대로 절 얻으시는 분의
아내가 되는 데 순종하도록 하시지만 않았더라면
훌륭하신 군주님, 당신은 지금껏
제 애정을 얻으려 찾아온 어느 구혼자에 못지않게
훌륭하신 분입니다.

모로코

그렇게 말해 주니 고맙소.
그러니 부디 내 행운을 시험해 볼 상자들한테로 날
안내해 주시오. 터키 황제 솔리만[4]을 세 번이나
뒤로한 채 소피[5]와 페르시아 군주를 베어버린
이 언월도에 걸고 맹세하건대, 아가씨를 얻기 위해서라면
그 어떤 엄숙한 눈초리도 마주 보아 이겨낼 것이고
이 땅에서 가장 담대한 자도 물리칠 것이며
젖을 빠는 새끼 곰들을 어미 곰[6]에게서 떼어낼 것이고
그래, 먹이를 찾아 으르렁대는 사자를
조롱할 것이오. 하지만 참으로 애석한 일이오.
만약 헤라클레스와 라이커스[7]가
주사위를 던져 누가 더 훌륭한 사람인지 정한다면
운에 따라 약자의 손에서 더 큰 숫자가 나올 수도 있소.

그렇게 앨사이디즈[8]도 자신의 종자에게 질 수 있으며
나도 마찬가지요. 나를 인도하는 눈먼 행운을 좇다가
보잘것없는 자도 얻을 수 있는 것을 놓쳐버리고
슬픔 때문에 죽을지도 모르지요.

포샤

운에 맡길 수밖에요.
아예 선택하는 것을 시도하지 않거나 혹은
선택하기 전에 맹세하세요. 만약 잘못 선택하신다면
이후로는 결코 여인에게 구혼의 말을
꺼내지 않겠다고 말입니다. 그러니 잘 생각하세요.

모로코

절대 하지 않겠소. 자, 내 운을 시험할 곳으로 데려다 주시오.

포샤

먼저, 예배당으로 가세요. 저녁 식사 후
당신의 운을 시험해 보시지요.

모로코

그럼 행운이 있기를.
남자들 중 축복받는 자가 될지 저주받는 자가 될지 정해 다오!

코넷 소리 울려 퍼진다. 모두 퇴장

2장

랜슬럿 고보 홀로 등장

랜슬럿
내 양심은 분명 내가 이 유대인 주인[9]에게서 도망치는 걸 도와줄 거야. 악마가 내 팔꿈치에 붙어 이렇게 말하며 날 유혹하는군. "고보, 랜슬럿 고보,[10] 착한 랜슬럿" 또는 "착한 고보" 또는 "착한 랜슬럿 고보, 두 다리를 사용해라, 출발해, 도망쳐 버려." 그럼 내 양심은 이렇게 말하지. "안돼, 조심해라, 정직한 랜슬럿, 조심해, 정직한 고보." 또는 앞서 말한 것처럼 "정직한 랜슬럿 고보, 도망치지 마라. 발꿈치로 도망치겠다는 생각을 걷어차 버려." 그러면, 제일 용감한 악마는 내게 보따리를 싸라고 부추긴다. "도망쳐!" 또는 "가버려!"라고 악마는 말하지. "제발 용기를 내서 도망쳐"라고 말야. 그런데 내 심장 모가지에 매달려 있는 양심이 아주 현명하게 말하지. "나의 정직한 친구 랜슬럿." 정직한 남자의 아들, 아니 정직한 여자의 아들이 되어야지. 사실 우리 아버지는 뭔가 석연찮은 짓을 했고, 뭔가 은밀한 짓을 했어. 그에겐 어떤 취향이 있단 말야. 그건 그렇고 내 양심은 "랜슬럿, 꼼짝하지 마"라고 말하고, 악마는 "도망쳐"라고 말하지. "꼼짝하지 마"라고 내 양심이 말한다고. 그럼 나는 "양심아, 좋은 충고를 하는구나"라고, "악마야, 좋은 충고를 하는구나"라고 말하지. 내 양심을 따르자면 아이고, 난 마귀와 다를 바 없는 유대인 주인과 함께 머물러 지내야 하고, 유대인에게서 도망치자니 실례지만 실제 마귀인 악마의 지배를 받아야 한단 말이야. 그 유대인은 분명 마귀의 화신이야. 그런데 내 양심으로 말할 것 같으면 기껏해야 내게 그 유대인과 함께 지내라고 충고하는 좀 지독한 양심이거든. 악마가 더 친절한 충고를 해주는 거야. 난 도망쳐야겠다, 악마야. 내 발꿈치는 너의 명령을 따를 거야. 난 도망칠 테야.

바구니 하나를 들고 늙은 고보 등장

고보
이보시오, 젊은 양반. 말 좀 묻겠소. 유대인 주인 댁 가는 길이 어느 쪽입니까?

랜슬럿
(방백) 오 하느님, 이 사람은 진짜로 날 낳아주신 아버지인데, 반소경[11]이 되어 날 알아보지 못하는군. 아버지를 좀 골려먹어야겠다.

고보
젊은 양반, 제발 유대인 주인 댁이 어느 쪽인지 알려주시오.

랜슬럿

다음 모퉁이에서 오른쪽으로 도세요. 하지만 그 다음 모퉁이에서는 왼쪽으로 돌고 어험, 바로 그다음 모퉁이에서는 어느 쪽으로도 돌지 말고 빙 돌아서 아래로 내려가면 그 유대인의 집이 나옵니다.

고보

거참, 찾기 꽤 어렵겠는걸! 혹시 랜슬럿이라는 사람이 그분과 함께 사는지 아닌지 말씀해 주실 수 있습니까?

랜슬럿

젊은 랜슬럿 양반 말씀입니까? (방백) 어디 보자, 이제 눈물깨나 흘리게 해드려야지―젊은 랜슬럿 양반을 말씀하시는 겁니까?

고보

나리, 양반이 아니라 가난한 제 자식입니다. 제 입으로 말하지만 그놈 아버지는 정직하나, 지독하게 가난합니다. 그렇지만 하느님께 감사하게도 잘 살고 있습죠.

랜슬럿

글쎄, 그 사람 아버지가 어찌 되었든, 우린 젊은 랜슬럿 양반 얘기나 합시다.

고보

나리의 친구이니 그냥 랜슬럿이라 부르시지요, 나리.

랜슬럿

그렇지만 부디 노인장, 제발 부탁이니 젊은 랜슬럿 양반 얘기를 하시오.

고보

괜찮으시다면 그냥 랜슬럿이라고 하시지요.

랜슬럿

그러니까 랜슬럿 양반 말이지요. 아버지, 랜슬럿 양반에 대해서는 말도 마시오. 그 젊은 양반은, 운명인지 숙명인지 그런 이상한 말들과 세 자매[12]와 그런 학식 있는 말로 표현하자면, 서거하셨소. 좀 더 쉬운 말로 하자면 하늘나라로 갔단 말이오.

고보

아이고, 하느님! 그 아이는 이 늙은이의 지팡이였소. 나를 받쳐주는 기둥이었소.

랜슬럿

제가 곤봉이나 오두막의 기둥, 지팡이나 지주처럼 보입니까? 절 알아보시겠어요, 아버지?

고보

아이고, 전 나리를 모릅니다, 젊은 나리! 하지만 제발 말해 주십시오. 제 아들이―하느님, 그애의 영혼을 쉬게 해주소서―살아 있습니까, 죽었습니까?

랜슬럿

절 모르시겠어요, 아버지?

고보

아이고 나리, 전 반소경입니다! 나리를 모릅니다.

랜슬럿

아니, 두 눈이 멀쩡하다 해도 날 알아보지 못하시겠죠. 현명한 아버지만이 자기 아들을 알아보는 법이니까요. 좋소, 노인장, 내가 당신 아들 소식을 말해 드리죠. (무릎을 꿇는다) 절 축복해 주세요. 진실이 밝혀지겠죠. 살인은 오래 숨길 수 없어요―한 사람의 아들은 그럴 수 있을지 모르지만, 결국

베니스의 상인 49

엔 진실이 드러날 겁니다.
고보
나리, 제발 일어나세요. 나리는 분명 제 아들 랜슬럿이 아닙니다.
랜슬럿
제발 더 이상 어리석은 장난은 그만하시고, 저를 축복해 주세요. 전 과거에도 당신의 아들이었고 현재도 아들이며 앞으로도 아들일 랜슬럿이라고요.
고보
난 당신이 내 아들이라고는 생각할 수 없어요.
랜슬럿
그에 대해서는 어찌 생각해야 할지 모르겠지만, 난 유대인의 하인 랜슬럿이고, 당신의 아내 마저리는 분명 내 어머니란 말에요.
고보
정말 그녀의 이름은 마저리야. 맹세컨대, 네가 랜슬럿이라면 넌 내 혈육이 분명하다. 경배를 받으실 주님이시여. 턱수염이 정말 많이 자랐구나![13] 짐마차를 끄는 우리집 말 도빈 꼬리에 난 털보다 네 턱에 난 털이 더 많구나.
랜슬럿
그럼 도빈의 털은 거꾸로 자라는가 보군요. 제가 마지막으로 도빈을 봤을 땐, 분명 꼬리에 난 털이 내 얼굴에 난 털보다 많았다고요.
고보
아이구, 정말 많이 변했구나! 너와 네 주인은 어떻게 지내느냐? 그분께 드릴 선물을 사왔다. 지금은 주인과 잘 지내느냐?

랜슬럿

그럭저럭요. 하지만 저로서는 도망치기로 마음을 정했으니, 조금이라도 도망을 쳐야 안심이 될 것 같아요. 제 주인은 그야말로 유대인이에요. 그에게 선물을 준다고요? 차라리 교수형 밧줄이나 주세요! 전 그의 시중을 드느라 밥도 제대로 얻어먹지 못해요. 아버지는 손가락으로 제 갈비뼈를 하나하나 셀 수 있을 거예요. 아버지, 정말 잘 오셨어요. 아버지의 선물은 밧사니오라는 분께 드리세요. 그분은 정말 귀한 새 옷을 주시거든요. 그분의 하인이 되지 못한다면, 난 땅끝 멀리까지 도망치겠어요. 오 정말 운좋게도, 그분이 이리로 오시는군! 아버지, 그분께 드리세요. 제가 더 이상 그 유대인을 섬기면, 나도 유대인이에요.

밧사니오가 레오나르도와 수행원 한두 명을 데리고 등장

밧사니오

그렇게 해도 좋지만 늦어도 다섯 시까지는 저녁 식사가 준비될 수 있도록 서둘러야 한다. 이 편지들을 전달하고, 옷을 맞추고, 그라시아노에게 곧 내 거처로 오기 바란다고 전해라.

수행원 중 한 명 퇴장

랜슬럿

아버지, 그분께 인사하세요!

고보

하느님의 축복을 받으소서!

밧사니오

고맙소. 내게 무슨 볼 일이라도?

고보

이놈이 제 아들놈입니다, 나리, 불쌍한 놈인데….

랜슬럿

나리, 불쌍한 놈이 아니라 부유한 유대인의 하인입니다. 나리, 아버지가 자세히 말씀드리겠지만….

고보

자식 놈에겐 큰 포부가 있습니다, 나리. 말씀드리자면 나리를 섬기겠다는….

랜슬럿

정말 요점만 말씀드리면, 저는 유대인을 섬기지만 제겐 한 가지 소망이 있습니다. 아버지가 자세히 말씀드리겠지만….

고보

그의 주인과 아들놈은, 감히 말씀드리지만 서로 사이가 좋지 않습니다.

랜슬럿

간단히 말씀드리자면, 사실은 그 유대인이 절 못살게 굴어서 부득이하게, 비록 제 아버지가 노인이지만, 나리께 자세히 말씀드릴 것입니다.

고보

여기 제가 나리께 드리려고 비둘기 요리 한 접시를 가져왔습니다. 그리고 제 청은….

랜슬럿

정말 간단히 말씀드려서, 저와는 무관한 것인데, 나리께서 이 정직한 노인을 통해 아시겠지만, 그리고 제가 말씀드리지만, 비록 노인, 아니 가난뱅이, 제 아버지가….

밧사니오

두 사람을 대신해 한 사람만 말해 보시오. 뭘 원하시오?

랜슬럿

나리를 섬기는 것입니다.

고보

그것이 문제의 요점입니다, 나리.

밧사니오

난 너를 잘 알고 있다. 청을 들어주겠다.
너의 주인 샤일록이 오늘 나와 얘기했는데
너를 추천했지. 만약 부유한 유대인을 섬기지 않고
가난한 신사의 하인이 되는 게 승진이라면,
그렇게 하도록 해라.

랜슬럿

제 주인 샤일록과 나리께서는 옛 속담을 똑같이 나누어 가지고 계십니다, 나리. 나리께서는 하느님의 은총을, 그분은 충분한 재물을 갖고 있지요.[14]

밧사니오

말 한번 잘하는구나. 어르신도 아드님과 함께 가시지요.
옛 주인에게 작별 인사를 하고 내 거처로
찾아오너라. (하인에게) 그에게 동료들보다
더 화려한 장식이 달린 옷을 주어라. 꼭 그렇게 해라.

랜슬럿

아버지, 들어가세요. 일자리도 못 얻겠어, 제길! 머릿속에 굴릴 혀가 없으니 말야! (자신의 손바닥을 바라보며) 성경에 손을 대고 맹세하는 이탈리아 사람 중 누가 나보다 더 좋은 손

베니스의 상인 53

금을 가졌겠어! 난 운이 좋을 거야. 자, 여기 생명선이 있어. 여기에는 작은 처복선들[15]이 있군! 나 참, 여편네가 열다섯 명뿐이라니 시시한데. 사내 한 사람에게 열한 명의 과부와 아홉 명의 처녀는 시작에 불과하지. 다음에는 세 번이나 물에 빠져 죽을 고비를 넘기고, 깃털 침대 모서리에 생명을 잃을 위험도 있군그래! 모두 시시한 고비들이군. 좋아, 만약 운명의 신이 여자라면, 이런 일을 하기에 적당한 계집이로군. 아버지, 가시죠. 눈 깜짝할 사이에 유대인과 작별 인사를 할 테니까요.

    랜슬럿과 늙은 고보 퇴장

밧사니오
레오나르도, 부디 이걸 명심해라.
이 물건들을 사서 순서대로 정리한 후,
서둘러 돌아오너라. 오늘 밤, 내가 가장
친애하는 사람들에게 연회를 베풀 것이니. 어서 가라.
레오나르도
말씀하신 대로 최선을 다하겠습니다.

    그라시아노 등장

그라시아노
자네 주인님은 어디 계신가?
레오나르도
저기 걸어가고 계십니다, 나리.

퇴장

그라시아노
　밧사니오 경!
밧사니오
　그라시아노!
그라시아노
　한 가지 청이 있네.
밧사니오
　무조건 들어주겠네.
그라시아노
　거절해서는 안 되네. 자네와 함께 벨몬트에 가야겠네.
밧사니오
　그럼 가야겠지. 하지만 들어보게, 그라시아노.
　자넨 너무 거칠고 무례한 데다 함부로 말을 하지.
　이것들은 자네에게 충분히 잘 어울리고
　우리 눈에는 단점으로 보이지 않지만
　자네를 잘 모르는 곳에서는, 그것들이 너무
　자유분방하게 보일 거야. 제발 날뛰는 성질을
　겸손이라는 차가운 물방울로 자제시켜 주게.
　자네의 거친 행동으로 내가, 가는 곳에서 오해를 받고
　희망을 잃지 않도록 말일세.
그라시아노
　밧사니오 경, 내 말을 들어보게.
　만약 내가 점잖은 옷을 입고,

점잖게 말을 하고, 아주 가끔씩만 욕을 하고,
호주머니에는 기도서를 넣고 다니며 진지한 표정을 짓고
아니 그 이상으로, 기도를 드리는 동안에는 이렇게
모자로 눈을 가리고 한숨을 내쉬며 아멘이라고 말하며
할머니를 즐겁게 해드리는 슬픈 표정을
잘 짓는 사람처럼 예의를 차리지 않는다면
날 더 이상 믿지 말게.

밧사니오

글쎄, 자네가 얼마나 잘 참는지 지켜보겠네.

그라시아노

하지만 오늘 밤은 아닐세. 오늘 밤 행동으로
나를 판단해선 안 되네.

밧사니오

알겠네. 그건 안 될 일이지.
오히려 자네의 대담한 끼를 발휘해 달라고
부탁하고 싶네. 즐겁게 놀고 싶어 하는
친구들이 있으니 말일세. 아무튼 잘 가게.
난 할 일이 좀 있네.

그라시아노

그럼 난 로렌조와 다른 이들에게 가야겠네.
저녁 식사 시간에 자넬 찾아가겠네.

　　　　모두 퇴장

3장

제시카[16]와 광대 랜슬럿 등장

제시카
 네가 우리 아버지를 그렇게 떠나겠다니 섭섭하구나.
 우리 집은 지옥이지만, 쾌활한 악마인 네 덕에
 지겨움을 좀 덜 수 있었는데.
 그렇지만 잘 가거라. 네게 1더컷을 주겠다.
 그리고 랜슬럿, 곧 있을 저녁 식사 시간에
 너의 새 주인의 손님, 로렌조를 보게 될 거야.
 그분께 이 편지를 전해 다오. 은밀하게 전달해야 해.
 자, 그만 작별하자. 너와 얘기하는 걸
 아버지께 들키고 싶지 않구나.

랜슬럿
 안녕히! 눈물이 말을 앞서는군요. 참으로 아리따운 이교도 아가씨, 참으로 사랑스러운 유대인 아가씨! 어떤 기독교인이 부정하게 아가씨를 얻은 게 아니라면 전 크게 속은 거겠

죠. 하지만 안녕히 계세요. 이놈의 바보 같은 눈물 때문에
제 사내다움이 말이 아니네요. 안녕히 계세요.
제시카
잘 가거라, 착한 랜슬럿.

랜슬럿 퇴장

아아, 아버지의 자식이라는 게 부끄럽다니
이 얼마나 끔찍한 죄인가.
하나 내가 비록 핏줄로는 그분의 딸이지만
그분의 성품을 물려받은 건 아냐. 오 로렌조,
당신이 약속을 지킨다면, 난 이 괴로움을 끝내고
기독교인이 되어 당신의 사랑스러운 아내가 되겠어요.

4장

그라시아노, 로렌조, 살레리오 그리고 솔라니오 등장

로렌조
  아니, 우린 저녁 식사 때 몰래 빠져나가
  우리 집에서 변장을 하고 한 시간 후
  모두 돌아올 걸세.
그라시아노
  우린 충분히 준비하지 못했네.
살레리오
  우린 아직 횃불잡이[17]에 대해 말도 하지 않았잖아.
솔라니오
  멋지게 준비하지 않으면 시시하지.
  내 생각엔 하지 않는 게 낫겠어.
로렌조
  지금 겨우 네 시일세. 두 시간이나
  치장할 시간이 있다네.

랜슬럿이 편지를 들고 등장

이보게 랜슬럿, 무슨 소식이지?
랜슬럿
이 편지를 뜯어보시면 마음에 드실 겁니다. 편지에 다 쓰여 있을 것 같은뎁쇼.
로렌조
그 필체를 알고 있지. 참으로 예쁜 필체로군.
이 편지지보다도 더 하얀 건
편지를 쓴 아름다운 손이지.
그라시아노
분명, 연애편지로군!
랜슬럿
이만 물러가겠습니다, 나리.
로렌조
넌 어디로 가느냐?
랜슬럿
예, 실은 제 옛 주인 유대인께, 제 새 주인 기독교인과 오늘 밤 저녁 식사 하시라고 전달해야 합니다.
로렌조
잠깐 기다려, 이걸 받아라. (돈을 준다) 상냥한 제시카에게 꼭 데리러 가겠다고 전해라. 몰래 말해야 한다.

랜슬럿 퇴장

여보게들, 가세.

오늘 밤 가면무도회를 준비해야 하지 않겠나?
횃불잡이 한 명이 준비되었네.

살레리오

알겠네. 즉시 준비하러 가겠네.

솔라니오

나도 그리하겠네.

로렌조

한 시간쯤 후, 그라시아노의 집에서
그라시아노와 함께 기다리겠네.

살레리오

그러는 게 좋겠네.

솔라니오와 함께 퇴장

그라시아노

그 편지, 아름다운 제시카가 보낸 것 아닌가?

로렌조

자네에겐 모두 털어놔야겠군. 그녀는 내가 어떻게 그녀를
자기 아버지 집에서 데려갈 것인지를 알려주었네.
황금과 보석들을 얼마나 지니고 있으며
어떤 시동 복장을 준비하고 있는지도 말일세.
만약 그녀의 아버지 유대인이 천국에 간다면
그건 그의 상냥한 딸 덕분이지.
그녀가 신앙 없는 유대인의 자식이라는
이유 때문만 아니라면
결코 불행이 그녀의 길을 막지 못할 거야.

자, 나와 함께 가세. 가면서 이걸 읽어보게.
아름다운 제시카를 내 횃불잡이로 삼겠네.

    그라시아노와 함께 퇴장

5장

유대인 샤일록이 한때 자기 하인이었던 광대 랜슬럿과 함께 등장

샤일록

그래, 넌 알게 될 거다. 네 두 눈으로 봐야 판단하겠지.
늙은 샤일록과 밧사니오의 차이점을….
얘, 제시카! 나와 함께 있을 때처럼
잔뜩 먹을 수도 없을 테고…. 얘, 제시카!
잠을 자거나 코를 골거나 옷을 함부로 찢지도 못할 거다….
아니, 제시카, 부르고 있잖아!

랜슬럿

제시카!

샤일록

누가 너더러 부르라고 했느냐? 너보고 부르라고 하진 않았어.

랜슬럿

시키지 않으면 아무것도 할 수 없는 놈이라고, 나리께서 제

게 말씀하시곤 했죠.

　　　제시카 등장

제시카
　부르셨어요? 왜 부르신 거죠?
샤일록
　저녁 식사 초대를 받았다, 제시카.
　열쇠 꾸러미 여기 있다. 한데 어디로 가야 하지?
　좋아서 날 초대하는 건 아니다. 내게 아첨하는 거지.
　하지만 그 방탕한 기독교인의 음식을 증오심으로
　먹어 치울 테다. 제시카, 내 딸아,
　집을 잘 지켜라. 어쩐지 가고 싶지가 않구나.
　오늘 밤 꿈에 돈 자루가 나타났는데
　왠지 불안한 생각이 드는구나.
랜슬럿
　나리, 어서 가시지요. 저의 젊은 주인님께서 나리의 비난을 기다리고 계십니다.
샤일록
　나도 마찬가지다.
랜슬럿
　그분들이 함께 계획을 세우셨지요. 가면무도회를 보시라고 나리께 말씀드리지는 않겠지만, 만약 보신다면 지난 부활절 다음 월요일 아침 여섯 시에 제 코피가 터진 것도 다 이유가 있다는 걸 알게 되실 겁니다. 오늘 오후면 그해 성회 수요일[18]로부터 4년째가 되지요.

샤일록
　뭐라, 가면무도회가 있는 거냐? 내 말 잘 들어라, 제시카.
　문을 모두 잠가라. 그리고 북소리와
　목이 배배 꼬인 피리[19]의 듣기 싫은 끽끽 소리가 들리거든
　창문으로 올라가지도 말고
　색칠한 가면을 쓴[20] 기독교 광대들을 보려고
　길가로 고개를 내밀지도 말거라.
　그저 내 집의 귀를 틀어막아라, 창문 말이다.
　천박한 광대짓 소리가 조용한 내 집에
　들어오지 않게 해라. 야곱의 지팡이[21]에 걸고 맹세하건대
　오늘 밤 만찬에 가고 싶지 않구나.
　하지만, 가봐야겠다. 이놈아, 너 먼저 가라.
　내가 곧 간다고 전해라.
랜슬럿
　먼저 가겠습니다, 나리.
　아가씨, 그래도 창문으로 내다보세요.
　유대인 아가씨 마음에 들 만한
　기독교인이 지나갈 테니까요.

　　퇴장

샤일록
　저 바보 같은 하갈의 자손[22]이 뭐라고 하더냐, 응?
제시카
　'안녕히 계세요, 아가씨' 라는 말뿐이었어요.

샤일록
　그놈은 착하기는 한데, 너무 많이 먹거든.
　이익을 내는 데는 달팽이처럼 느리고, 낮에는 살쾡이보다
　더 많이 잔단 말야. 게으름뱅이들은 내 집에 살 수 없어.
　그래서 그놈을 떼어버리는 거야. 내게서 빌린 돈을
　낭비하는 데 그놈이 도움을 주기를 바라, 그자에게
　보내버리는 거야. 자, 제시카, 들어가라.
　아마도 난 곧 돌아올 거다.
　내가 말한 대로 하거라. 문을 모두 걸어 잠가라.
　단단히 묶어야 빨리 채워진다.
　알뜰한 사람에겐 결코 진부하지 않은 속담이지.

　　　퇴장

제시카
　다녀오세요. 운이 뒤틀리지 않았다면
　나는 아버지를, 당신은 딸을 잃었어요.

　　　퇴장

6장

가면무도회 참가자들, 그라시아노와 살레리오 등장

그라시아노
 여기가 바로 로렌조가 우리에게 그 아래
 서 있으라고 한 지붕 달린 집이군.
살레리오
 그가 올 시간이 거의 지났는걸.
그라시아노
 그가 약속 시간에 늦다니 놀라운 일인데.
 연인들이란 항상 시계보다 빠른 법이거늘.
살레리오
 비너스의 비둘기들[23]은 신뢰의 의무를 깨뜨리지 않고
 지켜줄 때보다는, 새로운 사랑의 언약을 이루어줄 때
 열 배나 더 빠르게 날아가지!
그라시아노
 그건 항상 그렇지. 그 누가 만찬 자리에 앉을 때의

왕성한 식욕 그대로 자리에서 일어나겠는가?
처음 달렸던 지루한 길을
지치지 않는 기운으로 되돌아오는 말이
어디 있겠는가? 세상만사는 이미 재미 본 것보다는
새로운 것을 좇을 때 더 신 나는 법이지.
창녀 같은 바람의 품에 안겨
깃발을 휘날리며 고향의 항구를 떠나는 배는
얼마나 젊은이나 방탕아 같은가.
창녀 같은 바람에 야위고 찢기고 거지꼴이 되어
악천후에 시달리고 돛은 누더기가 되어
돌아올 때도 얼마나 탕아[24]와 같은가.

　　　로렌조 등장

살레리오
　로렌조가 오는군. 나중에 좀 더 얘기하세.
로렌조
　여보게들, 오랫동안 늦는 나를 잘 참아주었네.
　일 때문에 부득이하게 자네들을 기다리게 했어.
　자네들이 마누라 훔치는 도둑 역할을 할 때
　내가 자네들만큼 오랫동안 망을 봐주겠네. 가까이들 오게.
　내 유대인 장인이 여기 산다네. 여보시오! 안에 누구 있소?

　　　제시카가 위층에서 소년 복장으로 등장

제시카
 누구시죠? 당신 목소리는 분명 알지만
 좀 더 확실히 하기 위해 말씀해 주세요.
로렌조
 당신의 사랑, 로렌조요.
제시카
 역시 로렌조, 제 사랑이 맞군요.
 제가 누구를 이토록 사랑하겠어요? 제가 당신의
 애인이라는 걸 로렌조 당신 외에 그 누가 알겠어요?
로렌조
 하늘과 당신의 생각이 증인이지요.
제시카
 여기, 이 상자를 받으세요. 수고의 가치가 있는 상자지요.
 밤이라 다행이에요. 절 보진 마세요.
 변장한 제 모습이 많이 부끄러우니까요.
 하지만 사랑은 장님이라서, 연인들은 자신들이
 저지르는 용감한 어리석음을 볼 수 없지요.
 볼 수 있다면, 큐피드조차도 이렇게
 소년으로 변한 절 보고 얼굴을 붉힐 거예요.
로렌조
 내려와요. 당신은 내 횃불잡이가 되어야 하오.
제시카
 뭐라고요, 부끄러운 제 모습이 보이게 촛불을 들라고요?
 안 그래도 제 모습이 너무나도 잘 드러나는 걸요.
 사랑하는 분이여, 횃불잡이는 드러내는 역할이지만
 전 감춰야 할 처지랍니다.

로렌조
  어여쁜 이여, 그래서 당신이
  사랑스러운 소년의 복장을 하고 있었군요.
  하지만 얼른 내려오시오.
  어두운 밤이 도망자 역할을 수행하고
  밧사니오의 연회장이 우릴 기다리고 있으니.
제시카
  문을 단단히 잠그고, 돈을
  좀 더 챙겨 바로 당신께 내려가겠어요.

    위층에서 퇴장

그라시아노
  내 두건에 맹세코, 정말 유대인 같지 않은 상냥한 아가씨군!
로렌조
  내가 그녀를 진심으로 사랑하지 않는다면 날 저주하게나.
  내 판단이 틀림없다면, 그녀는 지혜롭고
  내 눈이 틀리지 않는다면, 그녀는 아름답지.
  게다가 그녀는 스스로 증명해 보인 것처럼, 진실하다네.
  그러니 그녀처럼 지혜롭고 아름답고 진실하게
  내 변함없는 영혼에 그녀를 간직할 걸세.

    아래에서 제시카 등장

  아, 내려왔소? 가세 여보게들, 어서!
  지금쯤 가면무도회 친구들이 기다리고 있을 테니.

제시카, 살레리오와 함께 퇴장

　　　안토니오 등장

안토니오
　거기 누구요?
그라시아노
　안토니오 경?
안토니오
　이런, 그라시아노! 모두들 어디 있나?
　지금 아홉 시야. 친구들이 모두 자넬 기다리네.
　오늘 밤 가면무도회는 없어. 바람이 불어올 것 같네.
　밧사니오는 곧 외국으로 출발할 걸세.
　자넬 찾아오라고 스무 명이나 보냈다네.
그라시아노
　그거 잘 됐군. 오늘 밤 배를 타고
　출발하는 것보다 더 기쁜 일은 없지.

　　　모두 퇴장

7장

코넷 소리 울려 퍼진다. 포샤와 모로코 군주가 양쪽의 수행원
들과 함께 등장

포샤
자, 커튼을 걷고 각각의 상자를
이 고귀하신 군주님께 보여드려라.
이제 선택하십시오.

모로코
이 첫 번째 금 상자에는 이런 글귀가 새겨져 있군.
날 선택하는 자는 많은 사람들이 원하는 걸 얻게 될 것이다.
두 번째 은 상자에는 이런 약속이 쓰여 있군.
날 선택하는 자는 자신에게 합당한 만큼 얻게 될 것이다.
이 세 번째 납 상자에는 퉁명스러운 경고가 붙어 있군.
날 선택하는 자는 가진 전부를 내어놓고 모험을 해야 한다.
옳은 상자를 선택했는지 어떻게 알 수 있지요?

포샤

　군주님, 그 상자들 중 하나에 제 초상화가 들어 있습니다.
　그 상자를 고르신다면, 그때부터 전 군주님의 것입니다.

모로코

　신이시여, 저의 판단을 인도하소서! 그럼 살펴보자.
　다시 한 번 글귀들을 살펴봐야겠다.
　이 납 상자는 뭐라고 말하고 있지?
　날 선택하는 자는 가진 전부를 내어놓고 모험을 해야 한다.
　내어놓아야 한다, 뭘 위해? 납을 위해! 납을 위해 모험을 한다?
　이 상자는 협박을 하는군. 모두를 걸고 모험하는 자들은
　그에 어울리는 이익을 바라서 하는 거야.
　금처럼 고귀한 자는 쓸모없는 겉치레에 허리 굽히지 않지.
　난 납을 위해서는 무엇도 내어주거나 모험하지 않겠다.
　처녀와 같은 순백색의 은 상자는 뭐라고 말하고 있지?
　날 선택하는 자는 자신에게 합당한 만큼 얻게 될 것이다.
　자신에게 합당한 만큼? 잠깐 기다려, 모로코.
　공평한 저울눈으로 그대의 가치를 달아보자.
　그대의 가치를 평가해 본다면
　그대는 충분한 가치가 있긴 하지만
　이 아가씨를 얻을 정도로 충분하지는 않을 수도 있다.
　그렇지만 내게 합당한 것을 두려워하는 것은
　스스로의 가치를 과소평가하는 것에 불과하지.
　내게 합당한 만큼이라고? 그건 바로 이 아가씨야!
　나의 태생이나 재산, 성품이나 교양은
　그녀를 차지하기에 합당해.
　하지만 무엇보다 사랑에 있어서 합당하지.

더 이상 망설이지 말고 여기서 선택하면 어떨까?
금 상자에 새겨진 글귀를 한 번만 더 보자.
날 선택하는 자는 많은 사람들이 원하는 걸 얻게 될 것이다.
그게 바로 이 아가씨야. 온 세상이 그녀를 원하지.
이 살아 숨 쉬는 성자, 이 성지에 입 맞추기 위해
세상 방방곡곡에서 사람들이 몰려들고 있어.[25]
히르카니아[26]의 사막과 거친
아라비아의 넓은 황야도 아름다운 포샤를
보러 오는 군주들로 대로가 되었다.
야심만만한 머리를 쳐들고 하늘로 침 뱉는 바다의 왕국도
외국에서 오는 청혼자들을 막는 장애물이 되지 못해,
아름다운 포샤를 보기 위해 그들은
개울을 건너듯 쉽게 몰려든다.
이 세 상자 중 하나에 아름다운 포샤의 초상화가 들어 있다.
납 상자가 그녀를 담고 있을 것인가? 그런
천한 생각을 하는 건 저주받을 일이다. 어두운 무덤 속에
그녀를 수의로 감싸기에 납은 너무 천박하지.
그럼 정제된 금보다 가치가 열 배나 떨어지는
은 상자 속에 그녀가 갇혀 있다고 생각해야 하나?
오 죄악된 생각이여! 그토록 화려한 보석이
금보다 더 값싼 것 안에 들었던 적은 없다. 영국엔
천사의 모습을 새긴 금화[27]가 있지.
하지만 그건 표면에 새겨졌을 뿐이야.
그런데 여기에는 천사가 황금 침대에
누워 있다. 내게 열쇠를 주시오.
여기에서 선택할 테니, 내게 성공이 임하기를!

포샤
  거기, 받으세요, 군주님. 제 초상화가 거기 있다면
  그럼, 전 당신의 것입니다.

  그가 금 상자를 연다

모로코
  오 빌어먹을! 뭐가 들어 있는 거지?
  해골바가지라니, 텅 빈 눈구멍 속에
  글이 새겨진 두루마리가 있군. 읽어봐야겠다.
  반짝인다고 다 금은 아니다.
  그대는 이 말을 자주 들었으리라.
  많은 이들이 나의 외양만을 보고 자신의 생명을 팔았지.
  금칠한 무덤[28]엔 구더기만 우글거리니.
  그대가 담대한 만큼이나 지혜롭고,
  사지는 젊지만, 판단력은 성숙했더라면
  그대의 답이 두루마리에 새겨지지는 않았을 것이다.
  잘 가시오. 그대의 청혼은 차갑게 식어버렸소.
  참으로 차갑군. 노력이 헛수고가 되었어.
  그렇다면 열정과는 작별하고, 찬 서리를 환영해야지.
  잘 있으시오, 포샤. 마음이 너무 슬퍼
  작별 인사를 길게 못 하겠소. 패배자들은 이렇게 떠나는구나.

  수행원들과 함께 퇴장. 코넷 소리 울려 퍼진다

포샤
    떠나버려 시원하군. 커튼을 닫아라. 가자.
    얼굴색이 그와 같은 사람들은 모두 그렇게 골라주면 좋겠어.

    모두 퇴장

8장

살레리오와 솔라니오 등장

살레리오
이보게, 난 밧사니오가 배 타는 것을 보았네.
그라시아노가 그와 함께 갔고
로렌조는 분명 그들 배에 타지 않았네.

솔라니오
악당 유대인이 큰 소리로 공작님[29]을 깨워
공작님이 그자와 함께 밧사니오의 배를 찾으러 갔네.

살레리오
공작님이 너무 늦게 오셨어. 배는 이미 떠났거든.
하지만 공작님은 로렌조와 그의 애인 제시카가
함께 곤돌라를 타고 있다는 얘기를 들으셨지.
게다가 안토니오가 공작님께
확실하게 말씀드렸어.
그들이 밧사니오 배에 타지 않았다고.

솔라니오

  난 지금껏 그 개 같은 유대인이 길거리에서
  소리지른 것만큼 혼란스럽고
  이상하고 난폭하고 그렇게 발광하는
  격한 감정 폭발은 들은 적이 없다네.
  "내 딸! 오 내 돈! 오 내 딸![30]
  기독교인과 도망치다니! 기독교국에서 번 내 돈!
  정의여! 법이여! 내 돈과 내 딸!
  묶어놓은 자루, 묶어놓은 돈 자루 두 개!
  두 배나 값비싼 돈 자루들을 내 딸년이 훔쳐가다니!
  보석들, 보석 두 개, 값비싸고 귀중한 보석 두 개를
  딸년이 훔쳐가다니! 정의여! 그년을 찾아 다오!
  그년이 보석들을 갖고 있다. 그 돈을!"

살레리오

  베니스에 있는 아이들이 모두 다 그를 쫓아다니며
  그의 보석, 딸 그리고 돈을 소리쳤지.

솔라니오

  선한 안토니오에게 날짜를 지키라고 하게나.
  안 그러면 값을 톡톡히 치르게 될 테니.

살레리오

  그래, 이제 기억나는군.
  난 어제 한 프랑스인과 얘기를 나눴네.
  그가 말하길, 프랑스와 영국을 나누는 좁은 해협[31]에서
  화물을 잔뜩 실은 우리나라 배 한 척이 침몰했다네.
  그 말을 듣고 안토니오가 생각났지.
  하여 말없이 그 배가 그의 것이 아니길 바랐네.

솔라니오
    자네가 들은 것을 안토니오에게 말하는 게 좋겠네.
    하지만 갑자기 말하진 말게. 낙심할 수도 있으니까.
살레리오
    지상에 그보다 더 친절한 사람은 없네.
    난 밧사니오와 안토니오가 헤어지는 걸 보았네.
    밧사니오가 서둘러 돌아오겠다고 말하자
    그가 이렇게 대답하더군. "그러지 말게.
    밧사니오, 나 때문에 일을 그르치지 말고
    시간이 무르익을 때까지 머물러 있게.
    유대인이 갖고 있는 나에 대한 차용증서는
    마음 쓰지 않길 바라네.
    즐거운 마음으로 구애와, 그곳에서 자네에게
    가장 자연스레 어울리는 사랑을
    아름답게 표현하는 일에만 마음을 집중하게."
    그리고 그쯤에서 그의 눈은 눈물로 가득해져
    고개를 돌린 채 손을 뒤로 내밀어
    놀랄 정도의 애정으로 밧사니오의 손을
    굳게 잡고 흔들었다네. 그렇게 그들은 헤어졌지.
솔라니오
    내 생각에 그는 오직 밧사니오 때문에 사는 것 같네.
    우리 가서 그를 찾아보세나.
    그의 무거운 마음을 뭔가 재미있는 일로 가볍게 해주세.
살레리오
    그렇게 하세.

        모두 퇴장

9장

네리사와 하인 한 명 등장

네리사
서둘러라, 제발 좀 서둘러! 당장 커튼을 닫아.
애러곤의 군주께서 서약을 하셨고
곧 선택하러 오신단 말이다.

코넷 소리 울려 퍼진다. 애러곤과 일행이 포샤와 함께 등장

포샤
보세요, 저기 상자들이 있습니다, 고귀하신 군주님.
군주님께서 제가 들어 있는 상자를 고르신다면
즉시 우리의 결혼식이 엄숙하게 거행될 것입니다.
하지만 실패하신다면, 군주님은 더 이상 말없이
곧바로 이곳을 떠나셔야 합니다.

애러곤

　나는 세 가지를 지키도록 서약했소.
　첫째, 내가 선택한 상자가 어떤 것인지
　누구에게도 발설하지 않을 것이며 둘째, 내가
　옳은 상자를 고르는 데 실패한다면 내 생에
　다시는 처녀에게 구혼하지 않을 것이며
　마지막으로, 내가 선택의 행운에 실패한다면
　즉시 당신을 떠나 사라지는 것이오.

포샤

　부족한 저를 위해 모험하러 오시는 모든 분들께서
　이 명령들에 서약하십니다.

애러곤

　나도 그리 각오를 했소. 이제
　내 마음속 소망에 행운이 임하길! 금, 은, 그리고 천한 납이여.
　날 선택하는 자는 가진 전부를 내어놓고 모험을 해야 한다.
　내가 내어놓거나 모험하게 하려면 넌 좀 더 예뻐 보여야 한다.
　금 상자는 뭐라고 말하는가? 하, 어디 보자.
　날 선택하는 자는 많은 이들이 원하는 걸 얻게 될 것이다.
　많은 사람들이 원하는 것이라. 저 '많은'이라는 표현은
　외양만 보고 선택하는 어리석은 다수를 의미할 수도 있지.
　분별없는 눈이 가르쳐주는 것 이상을 알지 못하고,
　내면을 꿰뚫어 보지 못하고, 비바람 몰아치는
　바깥 벽 위나 심지어는 불의의 사고를 당할 수 있는 곳에
　집을 짓는 제비처럼 말이야.
　난 많은 이들이 원하는 걸 선택하지 않겠다.
　평범한 자들과 같이 뛰지도 않을 것이며, 이는

날 미개한 대중과 같은 부류로 만들고 싶지 않기 때문이지.
자 그럼 그대 은 보석함, 그대에게 가보자.
어떤 글귀를 품고 있는지 다시 한 번 말해 다오.
날 선택하는 자는 자신에게 합당한 만큼 얻게 될 것이다.
역시 좋은 내용이야. 누가 운명을
속일 수 있으며, 그만한 가치도 없이
명예를 얻을 수 있단 말인가? 그 누구도
자신에게 합당하지 않은 명성을 기대해선 안 돼.
오 신분, 지위 그리고 관직은
부정한 방법으로 얻을 수 없고, 깨끗한 명예는
그 사람의 가치에 따라 얻을 수 있어야 하지!
그럼 모자 벗고 서 있는 얼마나 많은 하인들이 모자 쓸 것이며
명령 내리는 얼마나 많은 사람들이 명령받을 것인가!
진정한 명예의 씨앗에서 얼마나 많은 비천한
농사꾼이 태어날 것이며, 얼마나 많은 명예로운 자들이
시대의 찌꺼기와 폐허에서 빠져나와
빛을 발하게 될 것인가. 자 그럼 이제 선택해야지.
날 선택하는 자는 자신에게 합당한 만큼 얻게 될 것이다.
난 합당한 가치를 선택하겠다. 이 상자의 열쇠를 주시오.
그리고 즉시 이 안에 있는 나의 운명을 열어보겠소.

    은 상자를 연다

포샤
그 안에 있는 걸 찾으시느라 너무 오래 기다리셨군요.

애러곤

　이게 뭐지? 내게 두루마리를 내밀고서
　눈을 깜박거리는 바보의 초상화라니! 읽어보겠다.
　너는 정말 포샤와 닮지 않았구나!
　나의 소망과 가치와도 어찌나 닮지 않았는지!
　날 선택하는 자는 자신에게 합당한 만큼 얻게 될 것이다.
　내가 바보의 머리 정도밖에 안 된단 말인가?
　이게 내 상인가? 나의 가치가 이 정도인가?

포샤

　법을 위반하는 것과 재판하는 건 서로 다른 일이고
　반대의 성질을 지니지요.

애러곤

　여기엔 뭐라고 쓰여 있지?
　이것은 불로 일곱 번이나 단련되었다.
　판단력도 일곱 번은 단련되어야
　잘못된 선택을 하지 않는다.
　그림자에 입 맞추는 사람들이 있다.
　그런 자들은 그림자의 축복만을 얻는다.
　은도금한 살아 있는 바보들이 있다.
　이 상자도 그렇다.
　어떤 아내와 잠자리를 하든,
　나는 항상 당신의 머리[32]가 될 것이다.
　그대의 볼 일은 끝났으니, 속히 떠나라.
　여기 머물러 있다가는
　더 바보가 될 것 같군.
　바보 머리 하나로 구혼하러 왔건만

돌아갈 땐 바보 머리 두 개로구나.
사랑스러운 이여, 안녕히. 맹세를 지키겠소.
묵묵히 나의 슬픔을 참으며.

    일행과 함께 퇴장

포샤
이렇게 촛불이 나방을 불러들였군.
오 생각이 너무 깊은 바보들! 그들은 선택할 때
자기 꾀에 자기가 넘어가는 지혜밖에 없어.
네리사
옛말이 틀리지 않네요.
교수형 당하는 것과 마누라 얻는 건 운명이다.
포샤
자 커튼을 쳐라, 네리사.

    전령 등장

전령
아가씨는 어디 계십니까?
포샤
여기 있소. 무슨 일이지?
전령
아가씨, 대문 앞에 한 젊은 베니스인이
도착했는데, 자기 주인이 오고 있다는 걸
알리기 위해 앞서 온 사람입니다.

그는 주인으로부터 각별한 인사를 가져왔는데
말하자면, 예의 바른 인사말과 안부 외에도
값비싼 선물까지 가지고 왔습니다. 전 지금껏
그만큼 그럴듯한 사랑의 사절을 본 적이 없습니다.
찬란한 여름이 가까이 왔다는 걸 알려주는
4월의 어느 봄날도, 주인을 앞서 말을 달려온
이 사자만큼 달콤하진 않았습니다.

포샤

제발 그만. 그대가 곧
그 사람의 친척이라고 말할 게 벌써 걱정되는구나.
그를 이토록 열렬히 칭찬하고 있으니 말이다.
자, 자, 네리사, 그렇게 예의 바르게 찾아온
재빠른 큐피드의 전령을 어서 만나보고 싶구나.

네리사

이게 사랑의 신 당신의 뜻이라면, 밧사니오 님이시길!

모두 퇴장

3막

1장

솔라니오와 살레리오 등장

솔라니오
리알토에서는 무슨 소식이 있는가?

살레리오
글쎄 아직 확실한 건 아니지만, 화물을 잔뜩 실은 안토니오의 배가 좁은 해협에서 난파했다는 소식일세. 사람들은 그곳을 굿윈즈[1]라고 부르던데, 아주 위험하고 치명적인 여울이라 큰 배들의 수많은 잔해가 수장되어 있다고들 하더군. 내가 들은 이 소문이라는 친구가 약속을 지키는 정직한 여편네라면 말일세.

솔라니오
이번에는 그녀가 거짓말하는 거라면 좋겠네. 생강을 씹어 먹고선 이웃들에게 세 번째 남편의 죽음 때문에 우는 거라고 믿게 만드는 여편네처럼 말일세. 하지만 이건 사실이네. 장황하지 않게 딱 잘라 말하자면, 그 선한 안토니오, 그 정직한 안토니오가—오 내가 그의 이름에 걸맞는 훌륭한 수식어를 찾을 수만 있다면….
살레리오
  자, 말을 끝까지 해야지!
솔라니오
  아니, 자네 뭐라고? 결론은 그가 배 한 척을 잃었다는 걸세.
살레리오
  그가 입은 손실이 그걸로 끝났으면 좋겠군.
솔라니오
  악마가 내 기도를 방해하지 않도록 미리 아멘 하고 말해야겠어. 유대인의 탈을 쓴 악마가 이리로 오고 있으니 말일세.

    샤일록 등장

  어쩐 일이오, 샤일록? 상인들 사이에 무슨 소식이라도?
샤일록
  누구보다도, 그 누구보다도 당신들은 내 딸의 도주를 가장 잘 알고 있었어.
살레리오
  그건 분명하지. 그녀가 달고 날아간 날개를 만든 재단사를 내가 알고 있으니까.
솔라니오
  그리고 샤일록 당신은 그 새가 날 수 있게 되었다는 걸 알고 있었지. 또, 그렇게 되면 어미를 떠나는 게 새들의 천성이라는 것도 말이오.

샤일록

　저주받은 년.

살레리오

　악마가 그녀의 재판관이라면, 그건 확실하지.

샤일록

　내 살과 피가 내게 반란을 일으키다니!

솔라니오

　집어치워, 늙은 시체 같은 주제에! 그 나이에 무슨 살과 피가 반란을 일으켜?

샤일록

　내 딸이 내 살과 피라는 말이오.

살레리오

　당신의 살과 그녀의 살은 검은 옥과 하얀 상아보다도 차이가 커. 당신들 피는 붉은 포도주와 라인산 백포도주보다 더 차이가 크단 말이야. 그런데 말해 보게. 안토니오가 바다에서 손실을 입었는지 아닌지 들은 바가 있나?

샤일록

　그 또한 손해 보는 거래를 한 거지요! 파산자, 방탕아. 감히 리알토에 얼굴을 내밀지 못하더군요. 그렇게 거드름 피우며 시장에 나오곤 하던 거지 같은 인간이! 그자에게 차용증서나 잘 보라고 하시오. 그자는 날 고리대금업자라고 부르곤 했지. 차용증서나 잘 보라고 하시오. 그자는 기독교인의 호의로 돈을 빌려주곤 했소. 차용증서나 잘 보라고 하시오.

살레리오

　이보게, 그가 파산하더라도 자네는 분명 그의 살을 베지 않겠지. 그걸 무엇에 쓰겠는가?

샤일록

물고기 낚을 미끼로 쓰지요. 다른 데 소용없더라도, 내 복수심은 채워주겠죠. 그자는 수없이 날 모욕하고, 내 손실을 비웃고, 내가 얻은 이익을 조롱했으며, 내 국가를 경멸하고 내 거래를 방해했고, 내 친구들을 멀어지게 만들었으며, 내 적들을 흥분시켰소. 그런데 그 이유가 뭔지 아시오? 내가 유대인이라는 겁니다. 유대인은 눈이 없소? 유대인은 손도 오장 육부도 육신도 감각도 애정도 열정도 없소? 기독교인들과 똑같은 음식을 먹고, 똑같은 무기에 상처 입고, 똑같은 병에 걸리고, 똑같은 수단으로 치료받고, 똑같은 겨울과 여름으로 추워하고 더워하지 않소? 당신들이 우릴 찌르면, 우린 피 흘리지 않소? 당신들이 우릴 간질이면, 우린 웃지 않소? 당신들이 우릴 독살하면, 우린 죽지 않소? 그리고 당신들이 우리에게 해를 끼친다면, 우린 복수하지 않겠소? 우리가 나머지 것들에서 당신들과 같다면, 그 점에서도 같을 것이오. 유대인이 기독교인에게 해를 끼친다면, 기독교인의 겸손이 무엇이겠소? 복수요. 기독교인이 유대인에게 해를 끼친다면, 기독교인의 본보기를 따르는 유대인의 인내심은 무엇이겠소? 물론, 복수지요! 난 당신들이 내게 가르쳐준 악행을 실행하겠소. 힘들겠지만 배운 것보다 더 잘할 것이오.

안토니오의 하인 등장

하인

여러분, 제 주인 안토니오 님께서 집에 계시는데, 두 분과 이야기하길 원하십니다.

살레리오

우리도 여기저기 그를 찾아다녔네.

튜발 등장

솔라니오

여기 또 다른 유대인 한 명이 오는군. 악마가 유대인으로 변하지 않는다면, 이들을 당해 낼 만한 유대인은 없지.

솔라니오, 살레리오, 하인 퇴장

샤일록

어쩐 일인가, 튜발! 제노바에서 무슨 소식이라도?
내 딸을 찾았는가?

튜발

자네 딸 소식을 들은 곳에 자주 가봤지만, 찾진 못했네.

샤일록

아이고, 저런, 저런, 저런, 저런! 사라진 다이아몬드는 프랑크푸르트에서 2천 더컷이나 주고 산 걸세. 지금껏 우리 민족에게 이런 저주가 떨어진 적은 없었네. 지금까지 이런 저주를 느껴본 적이 없어. 2천 더컷짜리 다이아몬드와 다른 귀중한 보석들. 내 딸년이 내 발 앞에 죽어 있으면 좋겠네. 귀에 보석들을 걸고 말이야! 내 발 앞에서 그년의 시신을 입관시켰으면 좋겠네. 돈들은 관 속에 있고 말일세! 그것들 소식이 없다니, 왜지?―찾느라고 돈을 얼마나 썼는지 몰라. 엎친 데 덮친 격이군! 도둑이 그렇게 많은 돈을 갖고 도망쳤는데, 그 도둑을 찾느라 이리 많은 돈을 쓰다니!—그런데도 소식을 알 수 없고, 복수할 수도 없다니! 세상의 온갖 불행이 내 어깨 위로 내려앉았어. 내쉬는 한숨은 모두 다 내 것이고, 흘리는 눈물도 모두 내 것이로구나.

튜발

아닐세. 다른 사람들도 불행을 겪는다네. 내가 제노바에서 들은 바로는, 안토니오가….

샤일록

뭐, 뭐, 뭐라고? 불행, 불행이라고?

튜발

그의 배가 트리폴리스에서 오던 중 난파했다네.

샤일록

하느님, 감사합니다, 하느님, 감사합니다! 그게 사실인가? 사실이야?

튜발

그 난파선에서 도망친 선원 몇 명과 얘기를 했다네.

샤일록

고맙네, 착한 튜발. 좋은 소식일세, 좋은 소식이야! 하, 하! 제노바에서 들었다고?

튜발

내가 듣기론, 자네 딸이 제노바에서 하룻밤에 80더컷을 썼다더군.

샤일록

내 가슴에 비수를 꽂는군. 다신 내 금화를 보지 못하겠어. 한번 앉은 자리에서 80더컷이라니, 80더컷!

튜발

안토니오에게 돈을 빌려준 빚쟁이 몇 명이 나와 함께 베니스로 왔는데, 그는 파산할 수밖에 없을 거라 단언하더군.

샤일록

정말 기쁜 일이야. 그자를 괴롭혀주겠어. 그자를 고문할 걸세. 정말 기쁜 일이라고.

튜발

그들 중 한 명이, 자네 딸이 원숭이와 바꾼 반지 하나를 내게 보여줬네.

샤일록

빌어먹을 년! 자넨 날 고문하는군, 튜발. 그 반지는 내가 총각일 때, 레아에게서 받은 터키석[2]이네. 원숭이를 떼로 준다고 해도 그걸 주지는 않았을 텐데.

튜발

하지만 안토니오는 확실히 파산일세.

샤일록

그래, 그건 사실이지, 분명한 사실이야. 튜발 자네는 가서 내 비용으로 관리 한 사람을 고용해 주게. 약속한 날짜 2주 전에 그 사람에게 얘기해 두게. 안토니오가 파산하면, 그자의 심장을 갖겠어. 그자가 베니스에 없으면, 난 내가 원하는 장사를 할 수 있지. 가게, 튜발. 그리고 회당[3]에서 만나세. 가라고, 튜발. 회당에서 만나자고.

모두 퇴장

2장

밧사니오, 포샤, 그라시아노, 네리사, 그들의 수행원들 모두
등장

포샤
제발 기다려주세요. 운을 시험하기 전에
하루나 이틀 정도만 쉬세요. 잘못 선택하시면,
전 당신을 잃게 되니까요. 그러니 잠시만 참으세요.
사랑은 아니지만, 당신을 잃고 싶지 않다고
제 안에서 뭔가 말하는 게 있어요.
당신도 아시겠지만, 미움은 이런 식으로 충고하진 않죠.
하지만 절 오해하진 않으시도록—
처녀는 생각만 할 뿐 입으로 말씀드릴 순 없거든요—
당신이 저를 위해 운을 시험하시기 전에
한두 달쯤 당신을 여기 붙잡아 두고 싶어요. 올바른 선택법을
가르쳐드릴 수도 있죠. 하나, 그럼 전 맹세를 깨뜨리게 돼요.
그러니 절대 그럴 순 없죠. 그럼 당신은 절 놓칠 수도 있어요.

그렇게 된다면, 전 맹세를 어기는 죄를 지을 걸 하고
생각하겠죠. 당신의 눈이 저주스럽군요!
당신의 두 눈이 저를 쳐다보고 저를 갈라놓았어요.
제 반쪽은 당신 것이며, 나머지 반쪽도 당신 것이죠.
제 것이라 말하고 싶지만, 제 것이 곧 당신 것이니
모두 다 당신 것이죠. 오 이 사악한 시대는
주인과 그의 소유권을 갈라놓네요.
그러니 당신 것이라도, 당신 것이 아니지요. 그렇다 해도
운명 탓이지 제 탓은 아니랍니다.
제 말이 너무 길군요. 하지만 시간을 끌기 위한 겁니다.
시간을 늘리고 질질 끌어
당신의 선택을 지연시키고자 하는 거죠.

밧사니오

선택하게 해주시오.
지금 이대로는 고문대[4] 위에 있는 것과 같소.

포샤

밧사니오, 고문대 위라고요? 그럼 당신의 사랑이
어떤 배신과 함께 뒤섞여 있는지 고백하세요.

밧사니오

나의 사랑을 이루는 걸 걱정하게 만드는
의구심이라는 추한 배신 외에는 없소.
사랑과 배신이라기보단 차가운 눈과 뜨거운 불 사이
애정과 생명이 뒤섞여 있다고 하는 게 나을 겁니다.

포샤

알겠어요. 하나 당신이 고문대 위에서 말한다는 게 걱정돼요.
고문대 위에선 뭐든지 말하도록 강요받잖아요.

밧사니오

  내게 생명을 약속해 준다면 진실을 고백하리다.

포샤

  좋아요, 그럼 고백하고 목숨을 건지세요.

밧사니오

  고백합니다. 사랑합니다.
  이게 내 고백의 전부였지요.
  오 행복한 고문이여, 날 고문하는 이가
  내게 목숨을 구하는 답을 가르쳐주는군요.
  하지만 내 운명과 상자들한테로 날 안내해 주시오.

포샤

  그럼 가시죠. 그 상자 중 하나에 제가 갇혀 있어요.
  절 사랑하신다면, 찾아내실 거예요.
  네리사와 나머지 사람들은 모두 물러서 있거라.
  이분이 선택하시는 동안 음악을 연주해라.[5]
  만약 이 분이 실패하시면
  백조처럼 최후를 맞으며,
  음악 속에 사라지실 것이다. 더 적절히 비유하면,
  내 눈은 강물이 되어 그를 위해
  눈물 젖은 임종의 침상이 될 것이다. 그는 성공할 수도 있지.
  그땐 음악이 무슨 역할을 하지? 그땐
  충직한 신하가 새로 왕위에 오른 군주께 절할 때처럼
  음악이 울려 퍼지리라. 그건 아마도
  새벽에 꿈꾸고 있는 신랑의 귀에 기어들어가
  그를 결혼식장으로 이끄는
  감미로운 음악소리 같은 거지. 이제, 그가 나아가신다.

트로이인들이 통곡하며 바다 괴물에게 바친 처녀를 구한
젊은 헤라클레스에 못지않은 모습으로
아니 그보다 훨씬 더 많은 사랑을 품고.
나는 그 희생 제물이다. 물러서 있는 나머지 사람들은
눈물 젖은 얼굴로 모험 결과를 보러 나온
트로이 여인들이다. 가세요, 헤라클레스.
당신이 살아야, 저도 삽니다. 전투를 벌이는 당신보다
그걸 지켜보는 제가 더 괴롭답니다.

밧사니오가 상자들에 대해 평가하는 동안 노래가 흐른다[6]

말해다오 환상[7]이 어디에서 자라는지.
가슴속인가, 머릿속인가?
어떻게 태어나, 어떻게 자라는가?
대답해요, 대답해요.
환상은 눈에서 태어나
눈빛을 먹고 자라
누워 있는 요람에서 죽는다오.
우리 모두 환상의 조종을 울립시다.
내가 시작할게요―딩, 동, 벨.
모두 딩, 동, 벨.
밧사니오
그래서 겉모습은 실제와 다를 수 있지.
세상 사람들은 여전히 겉치레에 속고 있다.
법에서는, 그렇게 더럽고 타락한 소송도
정중한 목소리로 양념을 치면

그 사악한 모습을 가려주지 않는가? 종교에서는
어떠한 저주받을 잘못도 어떤 근엄한 성직자가
그걸 축복해 주고, 성경구절로 정당화해 주기만 하면
아름다운 장식으로 추함을 감추지 않는가?
겉 표면에 미덕의 표시를 하지 않은
그런 단순한 악덕은 없지.
마음은 모래톱처럼 허약하면서도 턱에는
헤라클레스와 험상궂은 마르스 신의 수염을 기르는
겁쟁이들이 얼마나 많은가!
그들의 내면을 들여다보면, 간은 우유처럼 희멀건데
이들은 그저 무섭게 보이기 위해
용감한 척하는 것뿐이지. 미인을 보라.
그 아름다움이 얼굴에 바른 무게로 얻은 거란 걸 알게 되지.
화장을 많이 한 여자일수록 마음을 가볍게 만들어주니
자연에 일어나는 기적이라고 할 수 있으리라.
뱀처럼 곱슬곱슬한 황금빛 머리카락[8]도 마찬가지지.
미인이라 여겨지는 사람의 머리 위에서
바람과 더불어 음탕한 장난을 치지만
그것은 흔히 다른 사람의 머리가 남긴 유물이지.
그 머리카락을 자라게 한 해골은 이미 무덤 속에 있다.
이처럼 겉치레는 참으로 위험한 바다로 인도하는
금칠한 해안에 불과하지. 인도의 미인[9]을 감싸고 있는
아름다운 면사포에 불과한 거야. 한마디로 말하면
현자를 함정에 빠뜨리려 교활한 시대가 차려입은
그럴듯한 진실이지. 그러니 미다스[10] 왕을 위한 단단한 음식,
그대 번쩍이는 황금이여, 난 그대를 택하지 않겠다.

또한 사람들 사이를 오가는 창백하고 천박한 자여,
그대도 선택하지 않겠다. 하지만 그대, 어떤 것을
약속하기보다는 오히려 위협하는 그대 보잘것없는 납이여,
그대의 수수함이 웅변보다 더 나를 감동시키니
난 여기를 선택하겠다. 기쁜 결과가 있기를!

포샤

(방백) 어쩜 다른 감정들은 모두 공중으로 날아가 버리는가.
의심스러운 생각들이나 경솔하게 품었던 절망도,
몸을 떨게 하는 두려움도, 초록 눈의 질투심[11]도 사라졌어.
오 사랑이여, 진정하고, 너의 황홀함을 가라앉혀다오.
기쁨의 비를 적당히 뿌려 지나치지 않게 해다오.
너의 축복이 너무 많이 느껴지니
질리지 않도록 좀 줄여다오.

밧사니오

(납 상자를 열며) 여기에 무엇이 있을까?
아름다운 포샤의 초상화[12]로구나! 어떤 신 같은 솜씨가
이처럼 실물에 가깝게 그렸을까? 눈이 움직이나?
아니면 내 눈동자를 타고서
움직이는 것처럼 보이는 걸까? 여기 달콤한 숨결이
새어나오는 두 입술이 있다. 이토록 달콤한 숨결이
사랑스러운 친구들을 갈라놓았구나. 그녀 머리카락에서
화가는 거미가 되어, 거미집에 걸린 곤충들보다도
더 단단하게 사람들의 마음을 사로잡는
황금 그물을 짜놓았다. 하지만 그녀의 눈을,
화가가 어떻게 그걸 바라볼 수 있었을까? 내 생각엔
한쪽 눈을 그린 후, 그게 화가의 두 눈을 완전히 사로잡아

나머지 눈을 완성하지 못하게 했을 듯한데. 하지만 보라,
아무리 이 그림을 칭찬해도 그 가치에
미치지 못하는 것처럼, 이 그림도 실물에 못 미쳐
뒤에서 절룩거리며 따라온다. 여기 두루마리가 있구나.
내 행운의 내용을 요약한 것이겠지.
겉모습만으로 선택하지 않은 그대.
운도 좋아 진실한 선택을 했도다.
이 행운이 그대에게 돌아갔으니
만족하고 새것을 찾지 말라.
만약 그대가 이 행운에 만족하고
그대의 행운을 축복으로 여긴다면
그대의 여인이 있는 곳으로 몸을 돌려
사랑의 키스로 그녀를 맞이하라.
친절한 두루마리로구나. 아름다운 아가씨, 허락해 주시길.
저는 이 글귀에 따라 주고받으러 왔습니다.
전 상을 놓고 경쟁하는 두 사람 중 한 사람과 같습니다.
박수 소리와 함성 소리를 듣고
사람들의 눈앞에선 자신이 잘했다고 생각하면서도
정신이 혼미하여 박수와 함성 소리가
그를 위한 건지 아닌지 몰라 의심스레 쳐다보는 자입니다.
참으로 아름다운 아가씨, 당신께서 확인하고
서명하고 인준해 줄 때까진, 제가 보는 게 사실인지 아닌지
의심스러운 마음으로 이렇게 서 있을 따름입니다.

포샤

밧사니오님, 당신이 보시는 것처럼, 저는
있는 그대로의 모습으로 여기 있습니다. 저만을 위해서라면

제 스스로가 훨씬 더 나은 사람이길 바라는 마음을
갖지 않겠죠. 하지만 당신을 위해서라면
저는 현재의 모습보다 60배나 더 나아지고 싶고
천 배나 더 아름답고, 만 배나 더 부유해지고 싶어요.
오로지 당신에게 높이 평가받고 싶기 때문이지요.
미덕이나 아름다움, 생활수준, 친구들까지도
평가할 수 없을 정도가 되고 싶은 거예요. 하지만 제 전부는
어느 정도밖에 안 된답니다. 그걸 모두 합쳐 봐도
교양 없고 배우지 못하고 세상 물정도 모르는 여자랍니다.
하지만 다행인 점은, 그녀가 아직은 그리 늙지 않아
배울 수 있다는 거예요. 이보다 더 다행인 것은
그리 아둔하게 자라지 않아 배울 능력이 있다는 거예요.
그리고 이 모든 것 중 가장 다행인 것은
제 성품이 온순해 주인이나 군주, 왕에게서 지시받는 것처럼
당신께 스스로를 바칠 수 있다는 점이지요.
이제 저 자신과 제가 가진 것은 모두
당신과 당신의 것이 되었습니다. 조금 전까지만 해도 전
아름다운 이 집의 주인이었고 하인들의 주인이었으며,
저 자신의 여왕이었습니다. 하지만 지금 이 순간부터
이 집과 하인들, 그리고 저 역시
제 주인이신 당신 것입니다. 모두 이 반지와 함께 드립니다.
당신이 이걸 빼거나 잃어버리거나 혹은 다른 이에게 준다면
그것은 당신의 사랑이 식어버린 것을 암시하므로
제가 당신을 크게 비난할 것입니다.[13]

밧사니오

아가씨, 당신은 내가 할 말을 모두 빼앗아버렸습니다.

오직 혈관 속 내 피만이 당신께 말할 뿐이고
백성들에게 사랑받는 군주가 멋지게 연설을 끝낸 후
웅성거리며 기뻐하는 군중들에게 나타나는 듯한
그런 혼란이 내 안에서 일어나고 있소.
그런 혼란 속에선 모든 게
뒤섞여 표현되거나, 표현되지 않은 기쁨을 제외하곤
아무것도 아닌 소음으로 변해 버리지요. 그렇지만 이 반지가
이 손가락에서 빠져나갈 땐 생명도 빠져나갈 것이오.
오 그때는 감히 밧사니오가 죽었다 말해도 좋소.

네리사

나리와 아가씨, 지금까지
옆에 서서 저희들의 소망이 이루어지는 걸 지켜봤으니
이젠 저희가 기뻐할 차례입니다. 나리와 아가씨!

그라시아노

밧사니오 경, 그리고 고결한 아가씨
두 분이 원하는 기쁨을 모두 누리길 바랍니다.
내게선 어떤 기쁨도 바랄 수 없을 테니까요.
두 분이 엄숙하게 믿음의 서약을 치를 때
바로 그 시간, 나도 결혼식을
올릴 수 있기를 두 분께 간청합니다.

밧사니오

진심으로 그러겠네. 자네가 신부를 구할 수만 있다면.

그라시아노

고맙네. 자네가 내게 신붓감을 구해 주었어.
내 두 눈도 자네 눈만큼이나 재빠르게 볼 수 있지.
자넨 주인 아가씨를 봤지만, 난 시녀[14]를 봤다네.

자네가 사랑할 때, 나도 사랑했네.
자네만큼 나도 시간을 헛되이 보내지 않는다네.
자네 운명이 저 상자에 달려 있던 것처럼
묘하게도 내 운명 역시 그랬다네.
이곳에서 나도 구혼하느라 땀깨나 흘렸고
사랑의 맹세를 하느라 입천장이 바싹 마를 정도였지.
마침내 약속이 지켜진다면, 나는 여기 아름다운 분의
사랑을 얻을 수 있다는 약속을 받아냈다네.
자네가 운 좋게 그녀의 주인 아가씨를
차지한다는 조건으로 말이야.

포샤
그게 사실이냐, 네리사?

네리사
아가씨, 사실입니다. 아가씨께서 기뻐하신다면.

밧사니오
그라시아노, 자네 진심인가?

그라시아노
물론, 진심일세.

밧사니오
두 사람의 결혼으로 우리의 잔치가 더욱 명예로워지겠군.

그라시아노
천 더컷을 걸고 누가 먼저 첫 아들을 얻을지 내기해야겠군.

네리사
아니, 판돈을 건다고요?

그라시아노
아니, 우린 결코 이기지 못하고 고개 숙이게 될 것 같소.

베니스의 상인 105

한데 지금 오는 게 누구지? 로렌조와 그의 이교도 애인!
게다가, 내 오랜 베니스의 친구 살레리오까지!

   로렌조, 제시카, 그리고 베니스에서 온 전령, 살레리오 등장

밧사니오
 로렌조와 살레리오, 이곳에 온 것을 환영하네.
 이곳에서의 나의 새로운 지위가
 자네들을 환영할 만한 권위를 가지고 있다면 말이지.
 사랑하는 포샤, 당신의 허락을 받아
 내 친구와 동료 들을 환영하리다.
포샤
 저도 마찬가지예요.
 저분들을 진심으로 환영합니다.
로렌조
 고맙네, 밧사니오.
 내 목적은 자네를 여기서 만나는 게 아니었다네.
 오는 길에 살레리오를 만났는데
 아무리 말해도 막무가내로 같이 가자 졸라대서
 어쩔 수 없이 함께 온 걸세.
살레리오
 사실일세.
 그리고 그럴 만한 이유가 있다네. 안토니오가
 자네에게 안부를 전하네.

   밧사니오에게 편지 한 통을 준다

밧사니오

　내가 편지를 열기 전에

　내 친구가 어떻게 지내는지 제발 말해 주게.

살레리오

　마음 불편한 것만 아니면

　그럭저럭 지낸다네. 거기 그의 편지가

　그의 상황을 알려줄 거야.

　　밧사니오가 편지를 개봉한다

그라시아노

　네리사, 저기 낯선 손님을 즐겁게 맞아 환영해 주시오.

　살레리오, 악수하세. 베니스에서 온 소식이 뭔가?

　그 고귀한 상인[15] 안토니오는 어찌 지내는가?

　그는 우리의 성공을 기뻐할 걸세.

　우리는 이아손처럼 황금 양털을 얻었네.

살레리오

　그가 잃어버린 양털을 자네들이 얻었으면 좋겠군.

포샤

　밧사니오 님의 안색이 창백해지는 걸 보니

　저 편지에 뭔가 불길한 사연이 있나 봐.

　어떤 친한 친구 분이 돌아가셨나? 그렇지 않고서야

　세상에 어떤 것도 꿋꿋한 남성의 안색을

　저렇게 바꿔놓을 순 없어. 아니, 안색이 점점 더 나빠지는데?

　밧사니오 님, 실례지만 전 당신의 반쪽이니

　이 편지가 당신께 전달하는 것의

반은 알아야겠어요.

밧사니오

오 사랑스러운 포샤.
지금껏 잉크로 쓰인 편지 중
이보다 슬픈 사연은 몇 안 될 것이오! 고결한 아가씨,
내가 처음 당신께 내 사랑을 드렸을 때
재산은 내 혈관을 흐르는
피뿐이라고 숨김없이 말했소—난 신사라고 말이오—
그리고 그때 내가 말한 것은 사실이오.
하지만 사랑하는 아가씨,
나 자신을 무일푼이라고 평가하면서도
내가 얼마나 허풍쟁이였는지 알게 될 겁니다. 내 재산이
아무것도 없다고 말씀드렸을 때, 난
무일푼보다도 더 나쁜 상태라고 말했어야 했소. 왜냐면
사실 난 절친한 친구에게 빚을 냈고,
그 친구는 내게 필요한 수단을 대주기 위해
자기 원수에게 빚을 냈다오. 여기 그 편지가 있소, 아가씨.
편지지는 내 친구의 몸과 같고
그 안에 쓰인 글씨 하나하나는 생명의 피를 흘리는
터진 상처와 같소. 하지만 그게 사실인가, 살레리오?
그의 투자가 모두 실패라는 게? 단 한 척도 성공 못했다고?
트리폴리스에서, 멕시코와 영국에서,
리스본, 바버리 그리고 인도에서,
단 한 척의 배도 상인을 방해하는 암초들의
무시무시한 손길을 피하지 못했단 말인가?

살레리오

   그렇다네.
   게다가 유대인에게 갚아야 할 돈을
   그가 지금 가졌다 하더라도 그 유대인이
   그걸 받을 것 같지 않네. 인간의 형상을 하고서
   인간을 파멸시키기 위해 그렇게도
   잔인하고 탐욕스러운 자를 본 적이 없네.
   그는 밤낮으로 공작을 졸라대며
   자기에게 공정한 재판을 열어주지 않는다면
   베니스의 자유를 불신하겠다 떠들어댄다네. 20명의 상인들과
   공작님 자신 그리고 고관대작들이 모두 그를 설득해 봤지만
   아무도 그 벌금과 재판, 차용증서에 대한
   그의 악의에 찬 주장을 포기하게 할 수 없었다네.

제시카

   제가 아버지와 함께 있었을 때, 아버지가 같은 유대인 친구
   튜발과 추스[16] 아저씨에게 맹세하는 걸 들었어요.
   안토니오 님이 아버지께 빌린 전액의 스무 배를 받느니
   오히려 안토니오 님의 살을 베어내겠다고요.
   그리고 밧사니오 님. 만약 법이나 권위 그리고
   힘으로 막지 못한다면, 불쌍한 안토니오 님이
   곤욕을 치르실 것을 저는 압니다.

포샤

   이처럼 곤경에 처한 분이 당신의 절친한 친구 분이신가요?

밧사니오

   나와 가장 친한 친구이자 가장 친절한 사람이고
   가장 최상의 성품을 지녔으며

호의를 베푸는 데 지치지 않는 자라오. 이탈리아에 사는
그 어떤 사람보다도 고대 로마의 미덕을
더 잘 나타내는 사람이라오.

포샤
그분이 유대인에게 진 빚이 전부 얼마인가요?

밧사니오
나를 위해 3천 더컷을 빚졌지요.

포샤
아니, 그게 전부인가요?
그에게 6천 더컷을 지불하고 계약을 취소하세요.
이처럼 훌륭한 친구 분이 밧사니오 님의 잘못으로
머리카락 하나라도 다치지 않도록
6천 더컷의 두 배를 하고, 그 금액의 세 배라도 지불하세요.
먼저, 저와 함께 교회로 가서 절 아내로 맞아주세요.
그다음엔 베니스에 있는 당신의 친구 분께 가세요.
당신이 불안한 마음으로 포샤 곁에 눕게 하진 않겠어요.
그 사소한 빚의 스무 배를 갚을 만큼의 금화를 드리겠어요.
빚을 청산하면, 당신의 진실된 친구 분을 모시고 오세요.
그동안 제 시녀 네리사와 전, 처녀와 과부처럼 살겠어요.
어서 가시죠. 결혼식 날 이곳을 떠나야 하니까요.
친구 분들을 환영하고, 유쾌한 표정을 지으세요.
당신을 값비싸게 얻었으니, 값비싸게 사랑하겠어요.
하지만 제게 친구 분의 편지를 들려주세요.

밧사니오
사랑하는 밧사니오, 내 배들이 모두 난파하고, 빚쟁이들이 잔인해
지고, 내 재산 상태가 너무나 빈약하여, 유대인과의 계약을 위반

하게 되었네. 위약금을 지불하면, 난 살아 있을 수 없기 때문에, 내가 죽을 때 자네를 볼 수만 있다면 자네와 나 사이의 모든 빚은 없는 걸로 하겠네. 그렇지만 자네 뜻대로 하게. 만약 자네의 사랑 때문에 오는 게 아니라면, 내 편지 때문에 오지는 말게.

포샤
   오 사랑하는 분이여, 만사를 제쳐두고 바로 떠나세요.

밧사니오
   떠나라는 당신의 허락을 얻었으니
   서두르겠소. 하지만 내가 다시 올 때까지
   나는 어떤 잠자리에도 머무르는 죄를 짓지 않을 것이며
   우리 사이에 어떤 휴식도 끼어들지 못할 것이오.

   모두 퇴장

3장

유대인 샤일록과 솔라니오, 그리고 안토니오와 간수 등장

샤일록
  간수, 그를 잘 감시하게. 내게 자비에 대해선 얘기하지 말고.
  그는 이자도 없이 돈을 빌려준 바보일세.
  간수, 그를 잘 감시하게.
안토니오
  그렇지만 내 말 좀 들어보게, 선량한 샤일록.
샤일록
  계약서대로 하겠소! 계약서에 어긋난 소리는 하지 마시오!
  난 계약서대로 하겠다고 맹세했소.
  당신은 이유도 없이 나를 개라고 불렀소.
  그렇지만 난 개니까, 내 이빨을 조심하시오.
  공작님께선 내게 공정한 재판을 허락하실 것이오.
  엉터리 간수 같으니. 그가 청한다고 데리고 나오다니
  자네 정말 바보가 아닌지 의심스럽군.

안토니오
　제발 내 말 좀 들어주게.
샤일록
　난 계약서대로 하겠소. 당신 말은 듣지 않겠소.
　계약서대로 하겠소. 그러니 더 이상 말하지 마시오.
　난 머리를 흔들며 머뭇거리고 한숨을 내쉬다가
　기독교인 중재자에게 굴복하는 나약하고 멍청한 눈을 가진
　바보가 되진 않겠소. 따라오지 마시오.
　난 말하지 않을 테니까. 난 계약서대로 하겠소.

　　　퇴장

솔라니오
　지금까지 인간들과 함께 살아온 개 중에
　가장 비정한 개일세.
안토니오
　내버려 두게.
　더 이상 쓸데없는 간청을 하러 그를 따라다니지는 않겠어.
　그는 내 생명을 노리고 있어. 왜 그러는진 내가 잘 알지.
　그에게 위약금을 물어야 하는 위기에 나를 찾아와
　하소연하는 많은 사람들을 내가 자주 구해 주었네.
　그래서 그가 나를 미워하는 거라네.
솔라니오
　분명히 공작님께선
　이 위약 소송이 열리는 걸 허락하지 않으실 걸세.

안토니오
  공작님이 법의 집행을 거부할 순 없네.
  베니스에서 이방인들이 우리와 함께
  누리는 권리를 부정하면
  이 나라의 정의가 비난받게 될 거야.
  이 도시의 무역과 이익은 여러 국가들과의
  관계를 바탕으로 이루어지기 때문이지. 그러니 가세.
  이 슬픔과 상실감이 날 어찌나 쇠약하게 만들었는지
  내일 내 잔인한 빚쟁이에게
  떼어줄 살이 남아 있을지 모르겠네.
  자, 간수 양반, 갑시다. 제발 밧사니오가 와서
  내가 그의 빚 갚는 걸 봐준다면 난 어찌 되어도 개의치 않아.

    모두 퇴장

4장

포샤, 네리사, 로렌조, 제시카와 포샤의 하인 발사자 등장

로렌조
　부인, 면전에서 이런 말씀을 드리는 게 뭐합니다만
　부인께선 거룩한 우정에 대해
　고귀하고도 진실한 생각을 갖고 계십니다. 그것은
　부군의 부재를 이리 견뎌낸다는 점에서 가장 잘 나타납니다.
　하지만 이 명예로운 태도를 누구에게 보여주는지
　부인께서 구원하시는 신사가 얼마나 진실한 분인지
　남편께서 얼마나 사랑하는 분인지 아신다면
　일상적인 선행에서 느낄 수 있는 것보다
　더 큰 보람을 느끼시리라 생각합니다.

포샤
　전 선행을 하고 나서 결코 후회한 적이 없어요.
　이번 일도 마찬가지일 겁니다. 대화를 나누고
　함께 시간을 보내는 친구들의 경우

그들의 영혼은 같은 사랑의 굴레에 매여 있어
용모나 태도, 그리고 정신마저도
반드시 닮을 수밖에 없어요.
제 남편의 절친한 친구인
이 안토니오라는 분은 분명 제 남편과
닮은 분일 거라는 생각이 들어요. 그렇다면,
제 영혼과 같은 사람을 닮은 친구 분을
지옥의 잔인함에서 구하기 위해
제가 드린 비용은 참으로 보잘것없는 것이지요.
이것은 제 자신을 너무 칭찬하는 것 같아
더 이상 말하지 않겠어요. 다른 얘기를 들어보세요.
로렌조, 제 남편이 돌아올 때까지
제 집안의 살림과 관리를
당신 손에 맡기겠어요. 저는
여기 있는 네리사만 데리고
네리사의 남편과 제 남편이 돌아올 때까지,
기도와 명상의 삶을 살겠다고
하늘을 향해 은밀히 맹세했습니다.
여기서 2마일 정도 떨어진 곳에 수도원[17] 한 곳이 있으니
우리는 그곳에서 머무를 겁니다. 이 부탁을
거절하지 마시기 바랍니다.
제 사랑과 어떤 사정 때문에
당신께 부탁드리는 겁니다.

로렌조
부인, 부인의 명령이라면
뭐든 기꺼이 따르겠습니다.

포샤

제 하인들은 이미 제 뜻을 알고 있으니
밧사니오 님과 저 대신
당신과 제시카를 주인으로 섬길 겁니다.
그러니 다시 만날 때까지 잘 지내십시오.

로렌조

좋은 생각과 행복한 시간들을 가지시길!

제시카

흡족한 시간이 되기를 바랍니다.

포샤

고맙습니다. 두 분도
좋은 시간 보내시길 바랍니다. 잘 있어요, 제시카.

　제시카와 로렌조 퇴장

자, 발사자,
네가 정직하고 진실하다는 걸 알고 있으니
앞으로도 그렇게 해 다오. 이 편지를 가지고
있는 힘을 다해 서둘러
파두아[18]로 가거라. 이 편지를
내 사촌 벨라리오 박사에게 전하고
그가 네게 주는 서류와 의복을 받아
제발 전속력으로 선착장에 달려가
베니스로 가는 여객선으로 가지고 오거라.
인사말 하느라 시간 낭비하지 말고
어서 가. 난 너보다 앞서 그곳에 가 있을 것이다.

발사자

아씨, 전속력으로 가겠습니다.

　　퇴장

포샤

자, 네리사. 네가 아직 모르는
생각을 품고 있단다. 남편들이 상상도 하기 전에 우린
그들을 만나게 될 거야.

네리사

그들이 우릴 만난다고요?

포샤

그럴 거야, 네리사. 하지만 우리에게 없는 걸
얻게 되었다고 그들이 생각할
복장을 하고 만나는 거야. 뭐든 내기를 걸어도 좋아.
우리 둘이 젊은 남자로 변장하면
내가 더 멋진 남자로 보일 거야.
그리고 더 당당한 태도로 칼을 찰 것이며,
갈대 피리 소리처럼 남성과 소년의
변성기 목소리로 말할 것이며, 여자 같은 종종걸음을
남성다운 큰 걸음으로 바꿀 것이며, 허풍 치는 젊은이처럼
싸움 얘기를 할 것이고, 그럴듯한 거짓말을 할 거야.
얼마나 고귀한 아가씨들이 내 사랑을 원했으며
내가 그것을 거절하자 그들이 병에 걸려 죽었는데
나로선 어쩔 수 없었다고 하는 거야. 그러고선 후회하며
그들을 죽게 하지 않았더라면 하고 바라는 거지.

이런 시시한 거짓말을 스무 개 정도 하면
사람들이 내가 1년 넘게 학교를 다니지 않았다고
생각할 거야. 난 이런 허풍쟁이 젊은이들의
노골적인 속임수를 천 개쯤은 알고 있지.
그것들을 써먹어 볼 거야.

네리사

어머, 우리가 남장을 한다고요?

포샤

에잇, 그런 질문이 어디 있어.
추잡한 생각을 가진 사람이 듣고 오해할 수도 있잖아!
아무튼 가자, 정원 대문 앞에서
우리를 기다리고 있는 마차에 타고 나서
내 계획을 모두 말해 줄 테니까.
그러니 어서 서두르자.
오늘 20마일은 가야 하니까 말이다.

모두 퇴장

5장

광대 랜슬럿과 제시카 등장

랜슬럿

정말 그렇다니까요. 명심하세요. 아버지의 죄[19]를 자식들이 물려받게 되거든요. 그러니 정말 아가씨가 걱정이에요. 전 항상 아가씨께 솔직했고, 지금도 그 문제에 대한 제 걱정을 말씀드리는 거예요. 아가씨는 분명 저주를 받았지만 기운 내세요. 아가씨께 도움이 될 만한 희망이 딱 하나 있어요. 그나마도 가능성 없는 희망이긴 하지만.

제시카

그게 어떤 희망인지 제발 말해 다오.

랜슬럿

글쎄요, 아가씨 아버지가 아가씨를 낳지 않고, 그래서 아가씨가 유대인의 딸이 아니길 얼마쯤은 바랄 수 있지요.

제시카

그건 정말 가능성 없는 희망이로구나! 그렇게 되면 내 어머니의 죄가 내게 전해져야 하는 거야.

랜슬럿

그렇게 되면 정말, 아가씨는 아버지 어머니 두 사람 모두에게서 저주를 받은 거죠. 이렇게 당신의 아버지 스킬라를 피하면 당신의 어머니 카립디스[20]에게 빠져드는 거죠. 글쎄, 양쪽 다 가망이 없네요.

제시카

내 남편이 날 구원해 줄 거야. 그분이 날 기독교인으로 만들었거든.

랜슬럿

정말이지, 그분이 더 나빠요! 전에도 서로서로 잘 살 수 있을 정도로 기독교인은 충분히 있었지요. 이렇게 기독교인들을 자꾸 만들어내면 돼지고기 값만 올라갈 거예요. 모두가 돼지고기를 먹게 된다면, 우린 곧 돈을 내고도 구운 고기 한 점 먹지 못하게 될 거예요.

로렌조 등장

제시카

랜슬럿, 네 얘기를 내 남편에게 말해야겠다. 그분이 이리로 오시는구나.

로렌조

랜슬럿, 네가 이렇게 내 아내를 구석진 곳으로 끌고 간다면 난 곧 널 질투하게 될 거다.

제시카

아니, 우릴 걱정하실 필요는 없어요, 로렌조. 랜슬럿과 저는 얘기가 끝났어요. 제가 유대인의 딸이기에 구원받을 가능성이 없다고 분명히 말하네요. 그리고 유대인을 기독교인으로 개종시켜 돼지고기 값을 올려놓았기 때문에, 당신은 이 나라의 훌륭한 시민이 아니라고 말하는군요.

로렌조

(랜슬럿에게) 그것에 대한 대답은 내가 더 잘할 수 있다. 네가 흑인 여자의 배를 부르게 할 수 있는 것보다 말이다. 그 무어 여자는 네 아이를 가졌어, 랜슬럿.

랜슬럿

그 무어 여자의 배가 보통 이상으로 커졌다면, 거참 대단하군요. 하지만 그녀가 정숙한 여인이 아니라면, 정말 내가 생각한 것 이상이군요.

로렌조

광대들이란 모두 얼마나 말솜씨가 좋은지 모르겠군! 내 생각에 침묵이 곧 최고의 지혜가 될 거야. 그리고 말 잘해서 칭찬받는 건 앵무새들밖에 없게 되겠지. 들어가라, 이놈아, 가서 저녁 먹을 준비하라고 전해라.

랜슬럿

저녁 먹을 준비는 끝났습니다, 나리. 모두들 식욕이 있으니까요.

로렌조

아이고, 그놈 말장난을 잘도 하는구나! 그럼 저녁 식사를 준비하라고 전해라.

랜슬럿

그것도 끝났습니다, 나리. "식탁을 차려라"라고 말씀만 하시면 됩니다.

로렌조

　그럼 자네가 식탁을 차리시는가?

랜슬럿

　아닙니다, 나리. 제 할 일은 따로 있습죠.

로렌조

　아직도 기회만 되면 말장난을 하는군. 너의 재주를 한 번에 모두 보여줄 생각이냐? 솔직한 의미를 전하는 사람이 솔직한 사람이라는 걸 알기 바란다. 네 동료들에게 가서 식탁을 차리고, 고기를 준비하라고 말해라. 그럼 우리가 식사하러 갈 테니.

랜슬럿

　나리, 식탁은 차릴 것이고 고기도 올릴 것입니다만, 식사하러 오시는 것은 기분이나 생각 내키는 대로 하십시오.

　　랜슬럿 퇴장

로렌조

　판단력 하난 뛰어나군. 말이 얼마나 잘 맞아떨어지는지!
　저 광대는 머릿속에 좋은 말들을
　잔뜩 담아놓았군. 저 녀석처럼
　옷을 입고 더 좋은 지위를 가진
　광대를 많이 알고 있는데, 말장난 하느라
　정작 말의 내용은 없지. 기분이 어떠시오, 제시카?
　자, 이제 당신 의견을 말해 보시오.
　밧사니오의 부인을 어떻게 생각하시오?

제시카
　말할 나위 없이 훌륭한 분이시죠. 밧사니오 님은
　올바른 생활을 하시는 게 마땅합니다.
　그렇게 훌륭한 부인을 얻는 축복을 받아
　지상에서 천국의 기쁨을 누리시니 말입니다.
　만약 그분이 그런 기쁨을 누릴 자격이 전혀 없다면
　당연히 천국에 가서는 안 되겠지요.
　만약 하늘의 두 신이 지상의 두 여성을 두고
　어떤 내기를 하는데
　한 여성이 포샤라면, 상대방 여성은 뭔가
　다른 것으로 보장돼야 합니다. 초라하고 거친 이 세상엔
　그녀와 견줄 만한 여성이 없으니까요.
로렌조
　아내로서 포샤가 그런 훌륭한 여성이라면
　당신에겐 내가 바로 그런 훌륭한 남편이오.
제시카
　아니에요, 그것에 대해서도 제 의견을 물어보세요.
로렌조
　곧 그렇게 하리다. 먼저 저녁 식사를 하러 갑시다.
제시카
　아니에요, 식욕이 있는 동안 당신을 칭찬하고 싶어요.
로렌조
　아니, 제발, 그 얘긴 식사를 하면서 합시다.
　그럼 당신이 어떤 얘기를 해도, 다른 것들과 함께 그 얘기를
　소화시킬 수 있을 테니까.

제시카
좋아요, 당신을 자세히 설명해 드리겠어요.

모두 퇴장

4막

1장

공작, 고관들, 안토니오, 밧사니오, 살레리오 그리고 그라시아노와 다른 사람들 등장[1]

공작
그래, 안토니오는 출두했소?
안토니오
여기 준비하고 있습니다, 공작님.
공작
자네에겐 유감스럽게 됐네. 자넨
자비라고는 눈곱만큼도 없고 동정심도 없는
돌처럼 냉정하고 비인간적인 놈을
상대하기 위해 온 것이네.
안토니오
그자의 가혹한 요구를 진정시키기 위해
공작님께서 무척 애쓰셨다는 것을
들었습니다. 하지만 그자가 워낙 고집불통이고

어떤 법적인 수단도 그 사악한 손아귀에서
　　저를 구할 수 없기 때문에
　　저는 그자의 분노에 인내로 맞서
　　그 포악함과 분노를 조용히
　　견뎌낼 각오가 되어 있습니다.
공작
　　한 사람이 가서, 그 유대인을 법정으로 불러오라.
살레리오
　　그는 문 앞에 대기하고 있습니다. 여기 옵니다, 공작님.

　　　샤일록 등장

공작
　　자리를 비켜주고, 그자를 내 앞에 세우시오.
　　샤일록, 나 역시 세상 사람들과 마찬가지로 생각하네.
　　자네는 재판 마지막 순간까지 이렇게
　　악의를 지속시키지만, 그다음엔
　　이해하기 힘든 명백한 잔인함보다
　　더 놀라운 자비심과 연민을 보여줄 거라고.
　　그리고 지금 자네는 이 불쌍한 상인의
　　살 1파운드를 위약금으로 요구하지만
　　그 벌금을 면해 줄 뿐만 아니라
　　최근에 그가 등에 짊어진 손해를 불쌍히 여겨
　　인간적인 관대함과 사랑으로
　　원금의 일부까지도 감해 주려는 속셈일 거요.
　　그가 입은 손실은

최고의 상인이라도 쓰러뜨리며
놋쇠 같은 가슴과 부싯돌 같은 거친 심장에게도,
무뚝뚝한 터키인들과 부드러운 예법을
훈련받은 적이 없는 타타르인들에게도
동정심을 얻기에 충분할 정도라오.
우리 모두는 관대한 답변을 기대하고 있소, 유대인.

샤일록
제가 의도하는 바를 공작님께 이미 알려드렸습니다.
그리고 우리 민족의 거룩한 안식을 걸고
계약서대로 정당한 위약금을 받아내겠다 맹세했습니다.
이걸 거부하신다면, 공작님이 다스리시는
이 나라의 법률과 자유는 위험에 처할 것입니다!
공작님께선 제가 왜 3천 더컷 대신
불결한 살 한 덩이를 가지려 하느냐고
물으실 겁니다. 그 질문엔 대답하지 않겠습니다.
그냥 제 기분이라고 해두지요. 대답이 되었습니까?
제 집에 사는 쥐 한 마리 때문에 골치가 아파
그 쥐를 잡는 데 만 더컷을 기꺼이 낸다면
어떻겠습니까? 이만하면 답변이 되었습니까?
어떤 사람들은 입 벌린 돼지구이를 좋아하지 않습니다.
고양이[2]만 보면 미치는 사람들도 있습니다.
그리고 어떤 사람들은 백파이프 콧소리를 들으면
오줌을 참을 수가 없답니다. 왜냐하면
열정의 주인이라 할 수 있는 감정이
좋아하는 것과 싫어하는 것에 대한 기분에 따라
동요하기 때문이죠. 이제 답변해 드리지요.

왜 입 벌린 돼지를 견딜 수 없는지
왜 무해하고 도리어 필요한 고양이를 견딜 수 없고,
왜 양가죽으로 만든 백파이프를 견딜 수 없는지
분명한 이유는 없습니다. 하지만
자신도 불쾌하고, 다른 사람도 불쾌하게 만드는 그런
불가피한 부끄러운 행동에 하릴없이 굴복해야 하는 것처럼
저도 이유를 댈 수 없습니다. 아니 대지 않겠습니다. 다만
안토니오에게 품고 있는 해묵은 미움과 증오심 때문에
이렇게 무익한 소송을 벌이는 겁니다. 답변이 되었습니까?

밧사니오
  이 냉혹한 인간아, 그건 너의
  잔인한 기질을 변명할 만한 답변이 되지 못한다.

샤일록
  내 답변으로 당신을 즐겁게 해줄 의무는 없소.

밧사니오
  모든 사람이 자기가 좋아하지 않는 것들을 다 죽여버리느냐?

샤일록
  자기가 죽이지 않을 것을 증오하는 사람도 있나요?

밧사니오
  해를 입히는 게 모두 처음부터 증오에서 시작하는 건 아니지.

샤일록
  하면 당신은, 뱀이 당신을 두 번씩이나 물게 하시겠습니까?

안토니오
  제발 자네가 유대인과 논쟁하고 있다는 걸 생각하게.
  차라리 해변에 가서 밀물 때의 바닷물에게
  평상시의 높이로 낮추라고 말하는 게 나을 걸세.

차라리 늑대에게 왜 암양이 어린 양을 찾아
울게 만들었느냐고 물어보는 게 나을 걸세.
차라리 숲 속의 소나무에게
하늘에 광풍이 불어 흔들릴 때 나무 끝을 흔들지 말고
어떤 소리도 내지 말라 명하는 게 나을 걸세.
그의 유대인 심장을 부드럽게 만들려 하기보다는
가장 어려운 일을 하는 게 나을 걸세.
그보다 어려운 일이 어디 있겠는가? 제발 부탁이니
더 이상의 제안도 말고, 다른 방법을 쓰지도 말게.
아주 간단하고 빠르게 나는 재판을 받고,
유대인은 자기 뜻을 이루게 해주게.

밧사니오
당신의 3천 더컷을 여기 6천 더컷으로 갚겠소.

샤일록
6천 더컷의 하나하나가
여섯 개로 나뉘고, 그 조각들이 각각 1더컷이 된다 하더라도
난 그걸 갖지 않겠소. 난 계약서대로 하겠소.

공작
어떤 자비도 베풀지 않으면서, 어찌 자비를 바라겠는가?

샤일록
아무 잘못도 안 했는데, 내가 무슨 재판을 두려워해야 하죠?
당신들에겐 사들인 노예가 많지요.
당신들은 노새나 개, 당나귀 들처럼
그 노예들을 천하고 고된 일에 부려먹습니다.
당신들이 그 노예들을 샀기 때문입니다. 제가 당신들께
'그들을 자유롭게 풀어주시오! 당신 자식들과 결혼시키시오!

왜 그들은 노역하며 땀 흘려야 합니까? 그들의 침대도
당신들의 침대처럼 부드럽게 만들어주고, 그들의 미각도
고급 음식으로 길들여 주시오.' 하고 말해 볼까요? 당신들은
'노예들은 우리 것이다'라고 대답할 겁니다. 나도 대답하죠.
내가 그에게 요구하는 살 1파운드는
비싼 돈 주고 산 내 것이니, 내가 가질 겁니다.
공작님께서 절 거부하시면, 공작님의 법률은 끝이죠!
베니스의 법률은 효력을 잃겠지요.
전 심판을 기다립니다. 대답해 주십시오. 판결해 주시겠습니까?

공작

이 문제를 판결해 달라고 내가 모시러 보낸
학식 높은 벨라리오 박사가
오늘 도착하지 않는다면
내 권한으로 이 소송을 기각시킬 수 있소.

살레리오

공작님, 지금 밖에
그 박사님이 보낸 편지를 지닌 전령이 대기 중입니다.
파두아에서 방금 도착했습니다.

공작

편지를 가져오시오. 전령을 불러오라.

밧사니오

기운 내게, 안토니오! 이보게, 아직 용기를 잃으면 안 돼!
자네가 나 때문에 피 한 방울이라도 흘리기 전에
내 살과 피, 뼈와 모든 것을 저 유대인에게 내주겠네.

안토니오

난 무리 중에 흠 있는 숫양이니

죽는 게 가장 적합하네. 가장 허약한 과일이
가장 먼저 땅에 떨어지는 법이니, 나도 내버려 두게.
밧사니오, 자넨 살아서
내 묘비명 쓰는 일을 해주기 바라네.

    네리사가 변호사의 서기 복장을 하고 등장

공작
  파두아에서, 벨라리오에게서 온 것인가?
네리사
  네, 공작님. 벨라리오 님께서 공작님께 안부를 전합니다.

    편지를 전한다

밧사니오
  왜 그리 열심히 칼을 가는 거요?
샤일록
  저기 있는 파산자에게서 위약금을 베어내기 위해서죠.
그라시아노
  가혹한 유대인, 넌 네 구두창이 아니라, 네놈 영혼에 대고
  칼을 가는 것이다. 어떤 금속도 아니,
  처형자의 도끼조차 네 날카로운 시기심의 절반만큼도
  날카롭지 않을 거다. 어떤 간청도 네놈을 꿰뚫을 수 없느냐?
샤일록
  그럼요, 아무리 재주를 부려도 소용없소.

그라시아노

　오 저주받은 더러운 개 같은 놈.
　네놈을 살려두다니, 정의가 원망스럽다!
　네놈은 내 신앙심마저 흔들리게 하여
　짐승의 영혼이 인간의 몸으로 들어간다는
　피타고라스[3]의 견해를 받아들이게 하는구나.
　네놈의 천박한 영혼은
　늑대[4] 안에 있었는데, 인간을 물어뜯어 죽인 죄로
　교수형 당할 때, 교수대에서 빠져나와
　네놈을 임신한 네 어미 뱃속에 있는 동안
　그 타락한 영혼이 네놈 몸속으로 들어간 거야.
　그래서 네놈이 원하는 것들은
　굶주린 늑대 같고, 잔인하고, 탐욕스러운 것이다.

샤일록

　악담을 퍼부어 내 계약서의 날인을 지워버리지 않는 한
　그렇게 큰소리 쳐봐야 당신 허파만 아플 뿐이오.
　정신 차리시게, 젊은 양반. 아니면 치유할 수 없을 정도로
　정신이 망가질 것이오. 난 여기서 법 집행을 기다리고 있소.

공작

　벨라리오는 이 편지에서
　젊고 학식 있는 박사 한 분을 우리 법정에 추천하는군.
　그분은 어디 계시는가?

네리사

　공작님께서 자신을 받아주실지
　답변을 알기 위해 이곳 가까이에서 기다리고 있습니다.

공작

  기꺼이 받아들이겠소. 자네들 서너 명이
가서 그분을 정중하게 여기로 모셔오라.
  그동안 법정에선 벨라리오 박사의 편지 내용을 들어봅시다.

서기

  공작님의 편지를 받았을 때 제 몸이 많이 아픈 상태였다는 것을 이해해 주시기 바랍니다. 하지만 공작님의 전령이 당도하던 그 시점, 로마에서 온 젊은 박사가 저를 방문 중이었습니다. 그의 이름은 발사자입니다. 제가 그분께 유대인과 상인 안토니오 사이의 소송 사유를 알려주었습니다. 우리는 함께 많은 문헌을 살펴보았습니다. 그는 제 의견도 알고 있고, 자신의 학식을 더하여 더욱 훌륭한 견해를 갖게 되었으니, 그 훌륭함에 대해 말로는 충분히 설명할 수 없습니다. 그가 저의 간곡한 부탁을 듣고, 저 대신 공작님의 요청을 들어드리기로 했습니다. 나이가 젊다는 이유로 그를 소홀히 여기지 마시길 부탁드립니다. 그렇게 젊은 사람이 그만큼 노련한 판단력을 지니고 있는 것을 저는 지금껏 본 적이 없습니다. 공작님께서 그를 환대해 주시길 바라며, 그의 재판 실력은 그에 대한 저의 칭찬을 뛰어넘을 것입니다.

    포샤가 법관 복장을 한 발사자의 모습으로 등장

공작

  여러분은 박식한 벨라리오 박사가 쓴 편지 내용을 들으셨소.
그리고 내 생각엔 여기 그 박사님이 오신 것 같소.
악수합시다. 연로하신 벨라리오 박사로부터 오셨소?

포샤

  그렇습니다, 공작님.

공작

  환영하오. 자리에 앉으시오.[5]
  박사께선 법정 안에서 이 소송을 일으킨
  사건에 대해 알고 계십니까?

포샤

  저는 이 소송 사건에 대해 상세히 전해 들었습니다.
  여기에서 누가 상인이고, 누가 유대인입니까?[6]

공작

  안토니오와 늙은 샤일록, 두 사람 다 앞으로 나오시오.

포샤

  당신 이름이 샤일록이오?

샤일록

  내가 샤일록이오.

포샤

  당신이 제기한 소송은 참으로 이상하지만
  당신이 주장하는 그런 절차에 있어서는
  베니스의 법률이 당신을 반박할 수 없소.
  (안토니오에게) 당신 목숨은 그에게 달려 있군요, 아닌가요?

안토니오

  예, 그가 말하는 대로입니다.

포샤

  당신은 계약서를 인정합니까?

안토니오

  그렇습니다.

포샤
 그렇다면 유대인이 자비를 베풀어야만 하겠군요.

샤일록
 어째서 내가 그래야 하죠? 말해 보시오.

포샤
 자비란 억지로 강요된 것이 아니라
 하늘에서 대지로 떨어지는 부드러운 비와 같소.
 자비는 이중의 축복을 받은 것으로
 주는 자와 받는 자를 모두 축복하지요.
 그것은 가장 강한 사람이 지닌 제일 강한 것이기에
 옥좌에 앉은 군주에게 왕관보다도 더 잘 어울리지요.
 왕의 홀은 한시적인 권력의 힘을 보여주고
 경외심과 위엄의 상징이라
 거기엔 왕에 대한 두려움과 공포가 깃들어 있지요.
 하지만 자비는 이런 제왕적 권위 위에 있답니다.
 그것은 왕들의 가슴속에 자리 잡고 있으며
 신의 속성이기도 하고
 자비가 정의를 누그러뜨릴 때 지상의 권력은
 신의 권력과 같아 보인답니다. 그러니 유대인이여,
 비록 당신은 정의를 요청하고 있지만, 이걸 생각하시오.
 정의대로 따른다면, 우리 중 누구도
 구원을 얻지 못할 것이오.
 우리는 자비를 얻기 위해 기도하며
 그 기도[7]는 우리에게 자비를 베풀도록
 가르쳐줍니다. 당신이 요구하는 정의를
 완화시켜 달라고 내가 이렇게 충분히 말했지만

당신의 요구를 고집한다면, 베니스의 이 엄격한 법정은
저기 있는 상인에게 불리한 선고를 내려야만 합니다.

샤일록

내 행위는 내가 책임지겠소![8] 난 법대로 하길 원합니다.
내 계약서에 명시된 벌금과 위약금을 원합니다.

포샤

그가 돈을 갚을 수는 없습니까?

밧사니오

갚을 수 있습니다. 이 법정에서 그자에게 돈을 갚겠습니다.
그럼요, 빌린 액수의 두 배를 갚겠소. 그걸로 충분치 않다면
내 손과 머리, 심장을 담보로
열 배라도 갚을 생각입니다.
이것으로도 충분치 않다면
악의가 진실을 짓누르는 것입니다. 간청하건대
당신의 권위로 한 번만 법률을 왜곡시켜
작은 잘못으로 크게 의로운 일을 하시어
이 잔인한 악마의 의지를 막아주시기 바랍니다.

포샤

그럴 순 없습니다. 베니스에선 어떤 권력도
정해진 법률을 바꿀 순 없습니다.[9] 그것은 선례가 될 것이며
같은 종류의 많은 잘못들이
국가에 밀려들 것입니다. 그럴 순 없습니다.

샤일록

다니엘[10] 같은 명판관이 오셨소! 맞아, 다니엘 같은 분이오!
오 현명하신 젊은 판사님, 진정 당신을 존경합니다!

포샤

내게 그 계약서를 보여주시오.

샤일록

여기 있습니다. 참으로 훌륭하신 박사님. 여기 있습니다.

포샤

샤일록, 당신 돈의 세 배를 받을 수 있소.

샤일록

맹세, 맹세! 하늘에 맹세를 했다구요!
내 영혼에 위증을 해야 할까요?
아니지요, 베니스를 위해서도 안 되지요!

포샤

그래, 이 계약서는 지켜지지 않았군.
그러니 합법적으로 이 계약서에 따라 유대인은
살 1파운드를 요구할 수 있소. 상인의 심장 가장 가까운 곳에서
베어낼 수 있소. 하나 자비를 베푸시오.
당신 돈의 세 배를 받고, 이 계약서를 찢어버리라 말하시오.

샤일록

증서대로 위약금이 지불된 후 찢어버리시지요.
당신은 훌륭한 재판관이신 것 같은데요.
판사님은 법률을 알고 있고, 설명도
참으로 옳았습니다. 법률에 따라 판사님께 요구합니다.
판사님께서는 법을 지키는 기둥이시니
판결을 내려주시기 바랍니다. 제 영혼에 걸고 맹세하건대
인간의 말로는 저를 바꿀 수 없습니다.
제 계약서대로의 판결을 기다리고 있습니다.

안토니오
　진심으로 법정에 간청합니다.
　판결을 내려주십시오.
포샤
　그럼, 어쩔 수 없군요.
　당신은 그의 칼을 받을 수 있게 가슴을 준비해야 합니다.
샤일록
　오 고귀하신 판사님! 오 훌륭한 젊은이여!
포샤
　법의 취지와 목적은
　여기 계약서에 명시된 대로
　위약금에 대해 분명히 규정하고 있기 때문입니다.
샤일록
　정녕 맞는 말씀입니다. 오 현명하고 강직하신 판사님!
　보기와는 달리 얼마나 노련하신지!
포샤
　그러니 가슴을 풀어 드러내시오.
샤일록
　그럼요, 가슴이지요.
　계약서에 그렇게 되어 있어요. 아닌가요, 고귀하신 판사님?
　"그의 심장 가장 가까이에서"라고 되어 있습니다.
포샤
　그렇소. 여기에 살의 무게를 달
　저울이 있소?
샤일록
　제가 준비하고 있습니다.

포샤

 샤일록, 그가 피 흘려 죽지 않도록
 그의 상처를 꿰맬 의사를 당신 비용으로 준비시키시오.

샤일록

 계약서에 그렇게 적혀 있나요?

포샤

 그렇게 적혀 있지는 않지만, 그게 어떻다는 거요?
 그 정도의 자선은 베푸는 게 당신에게도 좋을 거요.

샤일록

 그런 내용은 찾을 수 없습니다. 그건 계약서에 없어요.

포샤

 상인 양반, 당신은 할 말이 있소?

안토니오

 별로 없소. 난 각오했고, 준비하고 있습니다.
 악수하세, 밧사니오. 잘 있게.
 자네 때문에 내가 이렇게 되었다고 슬퍼하지 말게.
 이번에는 운명의 여신이 자신의 관례보다
 더 친절을 베푸는 것 같으니까. 아직도 운명의 여신은
 재산을 모두 잃고도 살아남은 비참한 사람에게
 움푹 꺼진 눈과 주름살 가득한 이마로
 궁핍한 노년을 보게 하지. 한데 내게는 그런
 질질 끄는 비참한 고통의 세월을 감해 주었네.
 자네의 훌륭한 아내에게 안부 전해 주게.
 그녀에게 안토니오의 마지막 모습을 말해 주고 전해 주게.
 자넬 어떻게 사랑했는지, 얼마나 당당히 죽음에 임했는지도.
 그리고 얘기가 끝나면, 밧사니오에게 한때

사랑하는 사람이 없었는지 그녀가 판단해 달라고 해주게.
　　자네가 친구를 잃게 된 것만을 슬퍼하게.
　　그는 자네의 빚 갚는 것을 후회하지 않네.
　　저 유대인이 충분히 깊게 베어낸다면
　　내 심장을 다 바쳐 즉시 자네의 빚을 갚게 될 테니 말일세.
밧사니오
　　안토니오, 난 내게 생명만큼이나
　　소중한 아내와 결혼했네.
　　하지만 내게는 생명도 아내도 온 세상도
　　자네의 목숨보다 소중하게 여겨지지 않는다네.
　　자넬 구하기 위해서라면, 난 모든 것을 잃어도 좋네.
　　그 모두를 여기 이 악마에게 바쳐도 좋네.
포샤
　　당신 아내가 그런 제안을 하는 당신 말을 옆에서 듣는다면
　　당신에게 별로 고마움을 표하지 않을 것 같군요.
그라시아노
　　내게도 진심으로 사랑하는 아내가 있네.
　　그녀가 이 개 같은 유대인을 변화시켜 달라고 어떤 신께
　　간청할 수 있다면, 난 그녀가 죽어 천국에 있어도 좋네.
네리사
　　그녀가 없는 곳에서 그런 말을 해서 다행이군요.
　　아니면 그런 소망은 집안을 시끄럽게 만들 테니까요.
샤일록
　　기독교인 남편들이란 이런 작자들이군! 내겐 딸이 하나 있지.
　　기독교인보다는 차라리 바라바[11] 같은 도둑놈을
　　그년의 남편으로 삼는 게 나았을 것이다.

시간을 낭비하고 있군요. 선고를 내려주시길.

포샤

저 상인의 살 1파운드는 당신 것이니
법정이 그것을 결정하고, 법에 따르는 것이오.

샤일록

참으로 올바른 판사님이시오!

포샤

당신은 그의 가슴에서 이 살을 베어내야 하오.
법이 이를 허락하고, 법정이 이를 결정하오.

샤일록

참으로 박식하신 판사님! 판결이 내려졌다! 자, 준비해라!

포샤

잠깐 기다리시오. 아직 다른 것이 남아 있소.
계약서에 따르면 당신은 단 한 방울의 피도 흘릴 권리가 없소.
표시되어 있는 말은 오직 "살 1파운드"뿐이오.
계약서대로 하시오. 당신의 살 1파운드를 가져가시오.
하지만 살을 베어낼 때, 만약
기독교인의 피를 한 방울이라도 흘리면, 당신의 땅과 재산은
베니스 법률에 따라 몰수되어
국고로 귀속될 것이오.

그라시아노

오 올바르신 판사님! 들었냐, 유대 놈아. 오 훌륭하신 판사님!

샤일록

그것이 법률이오?

포샤

당신 스스로 법 조항을 보시오.

당신이 정당한 판결을 주장했으니

당신이 원하는 것보다 더 정당한 판결을 얻을 것이오.

그라시아노

오 박식하신 판사님! 들었냐, 유대 놈아. 박식하신 판사님!

샤일록

그럼 이 제안을 받아들이겠소. 계약서의 세 배를 갚고

기독교인은 풀어주시오.

밧사니오

돈은 여기 있소.

포샤

잠깐!

유대인은 정당한 판결을 얻을 것이오. 천천히 기다리시오.

그는 위약금 외엔 아무것도 받지 않을 것이오.

그라시아노

오 유대인! 올바르신 판사님, 훌륭하신 판사님!

포샤

그러니 당신은 살을 베어낼 준비를 하시오.

피를 흘리지도 말고, 또한 정확하게 살 1파운드 외에

그 이하도 이상도 베어내선 안 되오. 만약 정확히

1파운드보다 더 많거나 적게 베어내면

그 무게가 가볍건 무겁건 간에

또는 아주 적은 양의

20분의 1이라도, 아니 만약 저울이

머리카락 한 올의 무게 차이로라도 기운다면

당신은 죽게 되고, 당신의 전 재산은 몰수될 것이오.

그라시아노

제2의 다니엘이시다! 다니엘 같으신 분이야, 유대 놈아!

이교도 놈아, 이제 넌 꼼짝없이 잡혔어!

포샤

유대인은 왜 머뭇거리죠? 당신의 위약금을 가져가시오.

샤일록

내게 원금만 주시면, 난 가겠소.

밧사니오

여기 준비되어 있소. 받으시오.

포샤

그는 공개적인 법정에서 그것을 거부했소.

그는 정당한 판결과 계약서대로만 할 것이오.

그라시아노

역시 다니엘이시군, 제2의 다니엘!

고맙다, 유대인. 내게 그 단어를 가르쳐줘서.

샤일록

내 원금만 받으면 안 되겠소?

포샤

위약금 외엔 아무것도 가져가지 못할 것이오.

그것도 당신의 목숨을 걸고 받아야 할 것이오, 유대인.

샤일록

제길, 그럼 악마나 저자를 이용하라고 하시오!

난 더 이상 논쟁을 위해 머물지 않겠소.

포샤

기다리시오, 유대인!

당신에게 적용할 또 다른 법 조항이 있소.

베니스의 법 조항에 따르면
만약 어떤 외국인이
직접적으로 혹은 간접적으로
베니스 시민의 목숨을 해치려 한 것이 입증되면
그가 해치려고 음모를 가한 상대방이
그의 재산의 반을 압류하고, 나머지 반은
국고로 귀속하도록 되어 있소.
그리고 가해자의 목숨은 오직
공작님 손에 달려 있소. 다른 사람들 말은 소용없소.
당신은 지금 이런 상황에 처했음을 아시오.
왜냐하면 간접적으로, 또한 직접적으로
당신이 피고의 목숨을 해치려 했으며
내가 앞서 자세하게 말한 대로
당신 스스로 위험을 초래했다는 게
이제까지의 과정을 통해 명백히 드러났기 때문이오.
그러니 무릎을 꿇고 공작님의 자비를 구하시오.

그라시아노
스스로 목매달 수 있도록 허락해 달라고 간청해라.
한데 너의 재산이 모두 국가에 몰수당했으니
목매달 밧줄값도 없겠구나.
그러니 국가의 비용으로 교수형시켜야겠군.

공작
우리 기독교인의 정신은 다르다는 걸 보여주겠다.
난 그대가 목숨을 간청하기 전에 살려주겠다.
그대 재산의 반은 안토니오의 것이고
나머지 반은 국가에 귀속될 것이니

겸손한 태도를 보이면 벌금으로 감해 줄 수도 있다.

포샤

국가의 몫은 그리하서도 되지만, 안토니오의 몫은 안 됩니다.

샤일록

아니, 내 목숨까지 빼앗으시오. 그리 용서를 베풀지 마시오!
내 집을 지탱하고 있는 기둥을 빼앗으면, 당신들은
내 집을 빼앗는 것이오. 내 생계수단을 빼앗으면,
당신들은 내 생명을 빼앗는 것이오.

포샤

안토니오, 당신은 그에게 어떤 자비를 베풀 수 있습니까?

그라시아노

목매달 밧줄이지! 제발 다른 건 주지 말게!

안토니오

공작님과 법정의 모든 분들께 간청하건대
그의 재산 반을 벌금으로 감해 주셨으면 좋겠습니다.
그래서 나머지 반을 제가 사용할 수 있다면
그가 죽었을 때 그 재산을
최근 그의 딸을 훔친 신사에게 주겠습니다.
두 가지 조건이 더 있습니다. 이 호의에 대한 보답으로
그는 즉시 기독교인이 되어야 하며 다른 하나는 그가 죽을 때
소유한 모든 것을 사위 로렌조와 그의 딸에게
양도하겠다는 증서를 여러분 모두가 계신
이 법정 안에서 쓰는 것입니다.

공작

그러도록 하겠소. 만약 그렇지 않으면
방금 내가 여기에서

베니스의 상인 **149**

선언한 용서를 철회하겠소.

포샤

당신은 그렇게 하겠소, 유대인? 무슨 할 말이라도?

샤일록

그렇게 하지요.

포샤

서기, 양도증서를 작성하시오.

샤일록

제발 이곳에서 떠날 수 있게 허락해 주십시오.
몸이 좋지 않소. 나중에 양도증서를 보내주시면
서명하겠소.

공작

퇴정하라. 하지만 서명은 해야 한다.

그라시아노

세례를 받을 때 넌 대부를 두 사람 얻게 될 거다.
내가 판사였다면, 넌 열 사람을 더 얻었을 거야.
널 세례대가 아니라 교수대로 데려가기 위해서지.

　　　샤일록 퇴장

공작

판사님, 우리 집에 가서 나와 함께 저녁 식사를 합시다.

포샤

참으로 송구스럽지만
전 오늘 밤 파두아로 가야만 합니다.
즉시 떠나는 게 좋을 것 같습니다.

공작

   그토록 여유가 없다니 유감이군요.
   안토니오, 이 신사 분께 감사하시오.
   내 생각에 당신은 이분께 큰 신세를 졌으니까.

     공작과 그 일행 퇴장

밧사니오

   참으로 훌륭하신 판사님, 나와 내 친구는
   오늘 판사님의 지혜 덕분에 끔찍한
   벌금을 면했습니다. 그 대가로
   그 유대인에게 갚아야 할 3천 더컷을
   판사님의 수고비로 기꺼이 드리겠습니다.

안토니오

   그뿐만이 아니라, 당신이 베풀어주신
   은혜를 영원히 잊지 않겠습니다.

포샤

   마음이 흡족하면 보수는 잘 받은 셈이지요.
   당신을 구하면서 내 마음이 흡족하니
   전 충분히 보상받았다고 생각합니다.
   제 마음은 그 이상의 보상을 탐낸 적이 없습니다.
   우리가 다시 만날 때 절 알아봐 주시기 바랍니다.
   그럼 안녕히. 저는 이만 가보겠습니다.

밧사니오

   판사님, 강제로라도 좀 더 계시도록 붙잡아야겠습니다.
   보수가 아닌, 존경의 표시로 우리의 기념품을 받아주십시오.

제발 제게 두 가지만 허락해 주십시오.
절 거절하지 않겠다는 것과 절 용서하시겠다는 것 말입니다.
포샤
그토록 조르시니, 그럼 그리하지요.
당신의 장갑을 주십시오. 당신을 위해 그걸 끼겠습니다.

　　밧사니오 장갑을 벗는다

그리고 사랑의 증거로 당신의 이 반지를 받겠습니다.
손을 뒤로 빼지 마십시오. 그 외엔 아무것도 받지 않겠어요.
날 사랑하신다면 거절하지는 않겠지요.
밧사니오
훌륭하신 판사님, 아아, 이 반지는 싸구려입니다!
이걸 드려서 저 자신을 부끄럽게 하진 않겠습니다.
포샤
이 반지 외에는 아무것도 갖지 않겠습니다.
그리고 이제 생각하니 그것이 정말 마음에 듭니다.
밧사니오
이 반지에는 값어치 이상의 사연이 있습니다.
베니스에서 가장 비싼 반지를 드리겠습니다.
방을 붙여서라도 그걸 찾아내겠습니다.
하지만 이 반지만은 제발, 용서해 주시기를.
포샤
이봐요, 이제 보니 당신은 말로만 선심을 쓰는 분이군요.
당신이 먼저 뭐든지 청하라고 해놓고, 이제 와서
거지가 어떻게 거절당하는지 내게 가르쳐주는군요.

밧사니오

  훌륭하신 판사님, 이 반지는 제 아내에게서 받은 겁니다.
  그녀가 이 반지를 끼워줄 때, 제게 이걸
  팔거나, 남에게 주거나, 잃지 않겠다 맹세하게 했답니다.

포샤

  많은 남자들이 자기 선물을 아끼려 그런 변명을 늘어놓지요.
  당신 아내가 실성한 여자가 아니고
  내가 얼마나 이 반지를 얻을 자격이 있는지를 안다면
  반지를 내게 주었대서 영원히
  원수 취급 하진 않을 겁니다. 좋소, 잘들 있으시오!

    포샤와 네리사 퇴장

안토니오

  밧사니오, 반지를 그분께 드리게나.
  그분의 공로와 더불어 나의 사랑이
  자네 아내의 명령 못지않게 소중하지 않겠나.

밧사니오

  그라시아노, 달려가서 그분을 따라잡게.
  그분께 이 반지를 드리고, 할 수 있다면 그분을
  안토니오의 집으로 모시고 오게. 어서 서두르게!

    그라시아노 퇴장

  자, 자네와 난 즉시 그곳으로 가세.
  그리고 아침 일찍 우리 둘 다

벨몬트를 향해 떠나는 거야. 가세, 안토니오.

모두 퇴장

2장

포샤와 네리사, 전처럼 변장한 채로 등장

포샤
그 유대인의 집을 물어 알아내 이 양도증서를 주고,
서명하게 해라. 우리는 오늘 밤 떠나서
남편들이 집에 돌아오기 하루 전에 도착해야 해.
이 양도증서를 보면 로렌조가 정말 좋아하겠군.

그라시아노 등장

그라시아노
훌륭하신 판사님, 따라잡을 수 있어 정말 다행입니다.
밧사니오 경이 좀 더 고심한 끝에
여기 이 반지를 당신께 보냈습니다. 그리고
당신을 저녁 식사에 초대했습니다.

포샤
그럴 순 없소.
그분의 반지는 참으로 고맙게 받겠소.
그분께 그렇게 말해 주시오. 그리고 부탁이 있는데
내 젊은 서기에게 늙은 샤일록의 집을 알려주시오.

그라시아노
그렇게 하겠습니다.

네리사
판사님, 드릴 말씀이 있습니다.
(포샤에게 방백) 저도 영원히 간직하겠다 맹세시킨 반지를
남편에게서 받을 수 있는지 알아보겠어요.

포샤
(네리사에게 방백) 내가 보증하는데, 받을 수 있을 거야.
남편들은 그 반지를 남자에게 줬다고 맹세하겠지만
우리가 더 화를 내고, 남편들보다 더 우겨대는 거야.
어서 서둘러라. 내가 어디에서 기다릴지는 알고 있겠지.

네리사
자, 나리, 그 유대인 집으로 절 안내해 주시겠어요?

모두 퇴장

5막

1장[1]

로렌조와 제시카 등장

로렌조
    달이 밝게 빛나는구려. 이처럼 달 밝은 밤에
    달콤한 바람이 부드럽게 나무들에게 입맞춰도 나무들이
    아무런 소리도 내지 않던 그런 밤에
    트로일러스[2]는 트로이 성벽에 올라가
    그날 밤 크레시다가 몸을 눕혔던
    그리스의 진영을 향해 깊은 한숨을 내쉬었다오.

제시카
    오늘 같은 밤
    시스비[3]는 두려운 마음으로 밤이슬을 밟았고
    연인을 만나기도 전에 사자의 그림자를 보고
    놀라 도망쳤지요.

로렌조
    오늘 같은 밤

디도[4]는 버들가지를 손에 들고,[5]
거친 파도치는 바닷가 제방 위에 서서, 그녀의 연인에게
카르타고로 돌아오라고 흔들었다오.

제시카

오늘 같은 밤
메디아[6]는 늙은 아이손[7]을 다시 젊게 만드는
마법의 약초를 캐 모았지요.

로렌조

오늘 같은 밤
제시카는 부유한 유대인에게서 도주해
빈털터리 사랑과 함께 베니스에서 벨몬트까지
도망쳤지요.

제시카

오늘 같은 밤
젊은 로렌조는 그녀를 사랑한다 맹세하고
수많은 사랑의 맹세로 그녀 마음을 훔쳤지만
진실한 맹세는 결코 아니었어요.

로렌조

오늘 같은 밤
어여쁜 제시카는 귀여운 말괄량이처럼
그녀의 애인을 비난했지만, 그는 그녀를 용서했다오.

제시카

아무도 오지 않는다면, 밤새도록 해도 당신을 이길 거예요.
그렇지만 들어보세요, 사람의 발소리가 들려요.

　　　스테파노 등장

로렌조
  조용한 밤, 이리 급히 오는 이는 누구요?
스테파노
  친구요.
로렌조
  친구? 무슨 친구? 이름을 말해 보시오, 친구.
스테파노
  내 이름은 스테파노이고, 주인마님께서
  동트기 전에 이곳 벨몬트에 오실 거라는
  소식을 가져왔습니다.
  마님께서는 오시는 길에
  성당마다 들러 그곳에서 무릎 꿇고
  행복한 결혼 생활을 위해 기도하십니다.
로렌조
  누가 마님과 함께 오고 있소?
스테파노
  수사 한 분과 마님의 시녀뿐입니다.
  한데 주인 나리께서는 돌아오셨습니까?
로렌조
  아직 돌아오지 않았고, 우리도 그분에게 연락받지 못했소.
  하지만 들어갑시다, 제시카.
  그리고 이 집 안주인을
  성대하게 환영할 준비를 합시다.

    랜슬럿 등장

랜슬럿

  솔라, 솔라! 요 하 호! 솔라, 솔라![8]

로렌조

  누가 부르지?

랜슬럿

  솔라! 로렌조 나리를 보았소? 로렌조 나리! 솔라, 솔라!

로렌조

  그만 좀 소리 질러라, 이놈아! 여기다.

랜슬럿

  솔라! 어디요? 어디?

로렌조

  여기!

랜슬럿

  그분께 우리 주인 나리에게서 전령이 왔다고 전해 주시오. 뿔 나팔에 좋은 소식을 가득 담고 왔다고 말이죠. 주인 나리께서 아침이 되기 전에 도착하실 겁니다.

    퇴장

로렌조

  사랑스러운 제시카, 들어가 그들이 오는 걸 기다립시다.
  한데 그러지 않아도 되겠군. 우리가 왜 들어가야 하지?
  여보게 스테파노, 집 안에 들어가
  자네 주인마님이 곧 오실 거라고 알리게.
  그리고 악사들을 밖으로 데리고 나오게.

    스테파노 퇴장

달빛이 이 둑 위에서 참 달콤하게도 잠들어 있군!
우린 여기 앉아 귀에 흘러드는
음악 소리나 들어봅시다. 온화하고 고요한 밤은
달콤한 음악 가락들과 잘 어울리지.
앉아요, 제시카. 하늘 바닥이
밝은 황금빛 접시들로 얼마나 촘촘히 아로새겨졌는지.
당신이 바라보는 가장 작은 별도
천사처럼 움직이며
어린 눈을 가진 천사들에게 여전히 노래하고 있소.[9]
불멸의 영혼들에겐 저런 화음이 있지만
이 진흙 같은 썩어 없어질 육신이
그걸 가로막고 있는 동안에는, 우린 들을 수 없다오.

    악사들 등장

이리 오시오. 노래로 다이애나 여신[10]을 깨우시오.
아주 달콤한 가락이 여러분의 주인마님 귀에 들리게 하여
음악으로 그녀를 집으로 모셔오도록 해보시오.

    음악을 연주한다

제시카
  감미로운 음악을 들어도 전 결코 즐겁지 않아요.

로렌조
그건 당신의 정신이 세심하기 때문이오.
거칠고 제멋대로인 소 떼나
어리고 길들여지지 않은 망아지 무리를 눈여겨보시오.
미친 듯이 날뛰고 큰 소리로 울고 히힝거리는데
그건 놈들의 피가 뜨겁기 때문이오.
만약 그놈들이 나팔 소리라도 듣거나
어떤 음악 소리가 놈들 귀에 들린다면
그놈들이 서로 멈춰 서서
음악의 감미로운 힘에 의해 사나운 눈들이 온화하게
변하는 걸 보게 될 것이오. 그러니 시인[11]은 오르페우스[12]가
나무와 돌 들 그리고 강물마저 움직였다고 노래했다오.
아무리 단단하고 혹독하며 사나운 것이라도
음악이 잠시 동안 그 본성을 바꿔놓지 못하는 것은 없소.
마음속에 음악이 없는 사람이나
아름다운 음악 소리에 감동받지 못하는 자는
배신, 모략, 그리고 약탈에나 어울릴 사람이오.
그 사람 영혼의 움직임은 밤처럼 둔하고
그의 성질은 에레보스[13]처럼 캄캄하다오.
그런 자는 믿지 마시오. 저 음악 소리를 들어보시오.

　　포샤와 네리사 등장

포샤
우리 눈에 보이는 저 빛은 우리 집 홀에 켜진 불이야.
저 작은 촛불이 정말 멀리까지 빛을 비추는구나!

사악한 세상에선 선한 행동이 저렇게 빛나는 법이지.
네리사
달빛이 있을 땐 촛불을 볼 수 없었어요.
포샤
큰 영광이 작은 영광을 희미하게 만들지.
왕이 곁에 있기 전까진 대리인이 왕처럼 밝게 빛나지만
왕이 오면, 그의 영광도
내륙의 시내물이 바다로 흘러가듯
사라져버리지. 음악 소리야! 들어봐!
네리사
집에서 들려오는 아가씨 악사들의 음악 소리예요.
포샤
그러고 보니, 분위기가 없으면 좋은 게 없어.
음악 소리가 낮보다 훨씬 감미롭게 들리는구나.
네리사
고요해서 더 그렇게 들리는 거죠, 아가씨.
포샤
까마귀도 주위에 아무도 없을 때는
종달새처럼 달콤하게 노래하지.
나이팅게일도 거위들이 꽥꽥거리고 있는
낮에 노래한다면, 굴뚝새보다
더 나은 음악가라고 여길 수 없을 거야.
얼마나 많은 일들이 알맞은 때에
올바른 칭찬을 받고 진정한 완벽함에 이르는지 몰라!
쉿!

음악이 멈춘다

달님이 엔디미온과 함께 잠들었으니,[14]
잠을 깨워선 안 되지.
로렌조
바로 저 목소리야.
포샤 부인의 목소리가 틀림없어.
포샤
장님이 뻐꾸기를 알아보는 것처럼
목소리만 듣고도 날 알아보는군.
로렌조
부인, 집에 돌아오신 걸 환영합니다.
포샤
우린 남편들이 잘 지내도록 기도하고 있었어요.
우리의 기도 덕에 일이 잘 되었으면 좋겠네요.
남편들은 돌아오셨나요?
로렌조
부인, 그들은 아직 돌아오지 않았습니다.
방금 전 전령이 와서
그들이 오고 있다는 소식을 전했습니다.
포샤
네리사, 들어가서
하인들에게 우리가 그동안 이곳에 없었다는 것을
전혀 내색하지 말라고 명령해라.
로렌조 당신도, 제시카 당신도 내색하지 마세요.

트럼펫 소리 울린다

로렌조
남편께서 가까이 오셨군요. 트럼펫 소리가 들립니다.
우린 입이 가벼운 사람들이 아닙니다, 부인. 걱정하지 마세요.
포샤
오늘 밤은 병든 낮 같구나.
약간 더 창백해 보여. 태양이 숨어버린
낮 같은 그런 날이야.

밧사니오, 안토니오, 그라시아노, 그리고 그들 일행 등장

밧사니오
태양이 없더라도 당신이 걸어 다닌다면
지구 반대쪽과 같이 여기도 낮이라오.
포샤
빛은 비춰드리겠지만 가벼운 여자가 되진 않겠어요.
가벼운 아내는 남편의 마음을 무겁게 만드니까요.
밧사니오 님은 저로 인해 그럴 일은 결코 없을 거예요.
하지만 하느님께서 모든 걸 주관하시죠! 집에 잘 오셨어요.
밧사니오
고맙소, 부인. 내 친구를 환영해 주시오.
이 사람이 바로 그 사람,
내가 한없이 신세를 진 안토니오요.
포샤
당신은 모든 면에서 이분께 신세 지셨어요.

당신 때문에 이분이 곤욕을 치르셨다고 들었으니까요.
안토니오
　이제 모두 해결되었습니다.
포샤
　안토니오 님, 저희 집에 오신 걸 진심으로 환영합니다.
　말보다는 다른 방법으로 환영의 뜻을 표현해야 하니
　이처럼 말로 차리는 예의는 짧게 하겠습니다.
그라시아노
　(네리사에게) 달에 걸고 맹세하는데, 당신 내게 너무하는군!
　정말이지, 난 그걸 판사님의 서기에게 줬단 말이오.
　나 대신 그걸 가진 자가 고자였으면 좋겠군.
　사랑하는 당신이 그걸로 이렇게 속상해하니 말이오.
포샤
　어머, 벌써부터 싸움인가요! 무슨 일이죠?
그라시아노
　그녀가 제게 준 하찮은 금반지 때문입니다.
　그 안에는 칼잡이가 칼에 새긴 시구처럼
　이런 문구가 새겨져 있지요.
　"날 사랑하고, 날 떠나지 마세요."
네리사
　문구나 값어치에 대해 무슨 말을 하는 거죠?
　내가 당신에게 그 반지를 줬을 때, 당신은 맹세했어요.
　죽는 순간까지 그걸 끼고 있을 테고
　무덤 속에서도 반지를 끼고 누워 있을 거라고.
　날 위해서가 아니더라도, 당신의 열렬한 맹세를 위해서
　그걸 소중히 간직했어야 했어요.

그걸 판사의 서기에게 줘버리다니! 아니, 내가 확신하건대
그 반지를 받은 서기는 결코 얼굴에 털이 나지 않을 거예요.

그라시아노

그가 자라서 어른이 되면 수염이 날 거요.

네리사

그래요, 여자가 자라서 남자가 된다면 그렇겠지요.

그라시아노

바로 이 손으로 내가 그 반지를 젊은이에게 주었소.
아직은 소년이랄까, 어린아이 때를 벗은 소년이었지.
키는 당신 정도고, 판사의 서기였단 말이오.
사례비로 그 반지를 청했던 말 많은 소년이었소.
난 도저히 그 소년의 청을 거절할 수가 없었소.

포샤

분명히 말해, 당신이 잘못했군요.
맹세하며 손가락에 끼우고
믿음으로 당신 살에 고정시킨 물건,
아내의 첫 번째 선물을 그렇게 가볍게 줘버리다니.
나도 남편에게 반지 하나를 줬고, 그걸 절대
빼지 않겠다고 맹세하게 했지요. 남편이 여기 서 계시네요.
남편을 위해 감히 맹세하건대, 이분은
세상의 온갖 부를 다 준대도 그걸 버리거나
손가락에서 빼지 않을 거예요. 그라시아노, 정말이지
당신은 아내에게 너무나 매정한 슬픔의 씨앗을 주는군요.
그런 일이 내게 일어난다면, 난 미쳐버릴 거예요.

밧사니오

(방백) 아, 차라리 왼손을 잘라버리고

그 손을 지키려다 반지를 잃어버렸다고 맹세할 수 있다면.

그라시아노

밧사니오도 그의 반지를 청한 판사에게
그 반지를 줘버렸어요. 한데, 정말 그걸
요구할 자격이 있었죠.
그다음엔 기록하느라 수고한
판사의 서기인 그 소년이 내 반지를 달라고 했는데
판사도 서기도 둘 다 반지 외에는 어떤 것도
받으려 하지 않았단 말이오.

포샤

어떤 반지를 주신 건가요, 서방님?
설마 제게서 받은 반지는 아니겠지요?

밧사니오

잘못을 한 데다 거짓말까지 더할 수 있다면
부인하고 싶지만, 당신도 보다시피 내 손가락에는
그 반지가 없소. 그건 없어져 버렸소.

포샤

당신의 거짓된 마음에도 그렇게 진실이 텅 비어 있겠죠.
맹세코 그 반지를 다시 볼 때까진
당신과 잠자리를 함께하지 않겠어요!

네리사

내 반지를 다시 볼 때까지
나도 마찬가지예요!

밧사니오

사랑하는 포샤,
내가 누구에게 그 반지를 주었는지 안다면

내가 누굴 위해 그 반지를 주었는지 안다면
내가 무엇 때문에 그 반지를 주었으며,
반지 외에는 아무것도 받지 않겠다고 했을 때
얼마나 내키지 않는 마음으로 그 반지를 주었는지 안다면
당신의 불쾌함이 조금이라도 덜어질 것이오.

포샤

만약 당신께서 그 반지의 가치를 알았다면
그 반지를 준 여성의 가치를 반만이라도 알았다면
그 반지를 간직하는 당신 자신의 명예를 알았다면
당신은 그 반지를 줘버리지 않았을 겁니다.
만약 당신이 진심 어린 말로
반지를 지키고자 했다면
결혼 기념으로 간직하고 있는 걸 달라고 조를 정도로
무례한 그런 무분별한 사람이 어디 있겠어요?
네리사가 뭘 믿어야 할지 가르쳐주는군요.
어떤 여자가 그 반지를 갖고 있는 게 틀림없어요.

밧사니오

내 명예를 걸고 그렇지 않소, 부인! 내 영혼을 걸고
그 반지를 가진 이는 여자가 아니라, 예의바른 박사님이오.
그분은 내가 제안하는 3천 더컷을 거절하고
그 반지를 청했소. 난 그 청을 거절했고,
그분은 불쾌하게 그 자리를 떠났소.
내 소중한 친구의 목숨을 구해 준 사람이었는데 말이오.
사랑하는 부인, 내가 뭐라고 말해야 했겠소?
어쩔 수 없이 난 그를 뒤쫓아 반지를 보냈소.
부끄러움과 예의에 사로잡혔기 때문이오.

배은망덕이 내 명예를 더럽히게 할 순 없었소.
날 용서하시오, 부인!
밤을 밝혀주는 이 축복받은 촛불들에 걸고
당신이 거기 있었더라면 그 훌륭한 박사에게 반지를 주라고
내게 권했을 것이라 생각하오.

포샤

그 박사가 절대 우리 집 가까이에 오지 않게 하세요.
당신이 저를 위해 간직하겠다고 맹세한,
제가 사랑하는 보석을 그분이 가졌으니
저도 당신처럼 선심을 쓰겠어요.
그분께 제가 가진 어떤 것도 거절하지 않겠어요.
제 육체뿐 아니라 남편의 침대까지도 거절하지 않겠어요.
그분과 관계를 갖겠어요. 반드시 그렇게 할 거예요.
하룻밤도 집을 비우지 마세요. 아르고스[15]처럼 절 지키세요.
그렇지 않으면, 만약 제가 홀로 남아 있을 때
아직은 제 것인 제 명예를 걸고
그 박사와 잠자리를 하겠어요.

네리사

난 그분의 서기와 하겠어요. 그러니 내가 나 자신을
어떻게 보호하게 할지 잘 생각해 보세요.

그라시아노

좋소, 그러시오. 그땐 그자가 내게 잡히지 않게 하시오!
잡히는 날엔 그 젊은 서기의 펜[16]을 못 쓰게 만들어버릴 테니.

안토니오

제가 이 싸움을 일으키게 한 원인입니다.

포샤
안토니오 님은 그런 걱정 마세요. 어쨌든 환영합니다.
밧사니오
포샤, 불가피하게 저지른 잘못을 용서해 주시오.
여기 있는 많은 친구들이 듣는 앞에서
당신에게 맹세하겠소. 내 모습이 비치는
당신의 아름다운 두 눈을 걸고서라도….
포샤
여러분 저 말 좀 들어보세요!
그는 제 두 눈을 통해 자신을 바라봅니다.
한 눈에 하나씩.
이중의 자신을 걸고 맹세하세요.
정말 믿을 만한 맹세군요.
밧사니오
아니오, 내 말 좀 들어보시오.
이 잘못을 용서하시오. 내 영혼을 걸고 맹세하건대
난 결코 더 이상 당신과의 맹세를 깨뜨리지 않겠소.
안토니오
전 한때 그의 행복을 위해 제 몸을 빌려주었습니다.
당신 남편의 반지를 가져간 그 사람이 없었다면
제 몸은 벌써 잘못되었을 겁니다. 감히 제가 다시 한 번
제 영혼을 저당물로 삼아 약속드립니다. 남편께선
더 이상 고의적으로 약속을 어기지 않으실 겁니다.
포샤
하면 당신이 남편의 보증인이 되어주세요. 그에게 이걸.
그리고 이전 것보다 더 잘 간직하라 말씀해 주세요.

안토니오
  여기 있네, 밧사니오. 이 반지를 간직하겠다고 맹세하게.
밧사니오
  맹세코, 이건 내가 그 박사에게 준 바로 그 반지인데!
포샤
  제가 그분에게서 그걸 받았어요. 용서하세요, 밧사니오.
  이 반지 때문에 그 박사가 저와 동침했어요.
네리사
  당신도 절 용서하세요, 점잖으신 그라시아노.
  겨우 아이티를 벗은 바로 그 소년, 박사의 서기가
  이 반지 때문에 지난밤 저와 동침했어요.
그라시아노
  거참, 이거야말로 한여름에
  길을 고치는 격이군. 길이 전혀 문제없는데도 말야.
  제길, 우린 그럴 만한 잘못도 없이 오쟁이 졌단 말인가?
포샤
  그렇게 천박하게 말하지 마세요. 여러분 모두 놀라셨군요.
  여기 편지 한 통이 있으니, 여유 있을 때 읽어보세요.
  그 편지는 파두아에 있는 벨라리오에게서 온 겁니다.
  그 편지를 보면 여러분은 포샤가 바로 그 박사였고
  네리사가 그녀의 서기였다는 걸 알게 될 겁니다. 로렌조가
  증언해 주겠지만. 여러분이 떠나자마자 저도 출발했다가,
  이제 방금 돌아왔습니다. 전 아직
  집에도 들어가지 못했어요. 안토니오, 잘 오셨습니다.
  당신이 예기치 못한 더 좋은 소식이 있습니다.
  이 편지를 어서 뜯어보세요.

당신의 상선 세 척이 재화를 가득 싣고
갑자기 항구에 도착했다는 걸 알게 되실 겁니다.
어떤 묘한 사건으로 제가 이 편지를 우연히 얻게 되었는진
알려드리지 않겠어요.

안토니오

무슨 말을 해야 할지!

밧사니오

당신이 그 박사였는데 내가 몰랐단 말이오?

그라시아노

당신이 나를 오쟁이 지우려던 그 서기였단 말이오?

네리사

그래요, 하지만 그 서기는 결코 그럴 뜻이 없었지요.
자라서 남자가 되지만 않는다면 말이죠.

밧사니오

사랑스러운 박사님, 나와 잠자리를 함께해 주시오.
내가 없을 땐, 내 아내와 동침하시오.

안토니오

사랑스러운 부인, 당신이 제 목숨과 살 수단까지 구하셨군요.
여기 편지를 보니 내 배들이
안전하게 항구에 들어왔다고 적혀 있습니다.

포샤

로렌조 님은 어떠시죠?
제 서기가 당신을 위해서도 좋은 소식을 가져왔답니다.

네리사

그래요, 사례비도 받지 않고 저분께 그걸 드리겠어요.
부유한 유대인이 그가 죽은 후

소유한 모든 것을 양도한다는 특별한 양도증서를
당신과 제시카에게 드리겠어요.

로렌조

아름다운 부인들이시여, 당신들께서 굶주린 사람들에게
만나[17]를 내리시는군요.

포샤

벌써 아침이 다 되었네요.
하나, 이번 일들에 대한 여러분의 궁금증이
완전히 풀리진 않았다고 생각해요. 안으로 들어가
우리에게 궁금한 것들을 심문하시지요.
솔직하게 모두 답변해 드릴 테니까요.

그라시아노

그럽시다. 네리사가
답변해야 할 첫 번째 심문은
그녀가 다음 날 밤까지 기다릴 것인지 아니면
동 트려면 두 시간 남았으니 당장 잠자리에 들 것인지입니다.
하지만 동이 트더라도, 내가 박사님의 서기와
잠자리에 들 때까진 날이 어두웠으면 좋겠습니다.
그런데, 내가 살아 있는 동안 네리사의 반지[18]를
안전하게 지키는 것만큼 지독한 걱정거리는 없을 듯합니다.

    모두 퇴장

작품해설

반유대주의와 인종차별주의

피터 홀랜드

1973년, 영국계 유대인 극작가 아널드 웨스커는 『베니스의 상인』에 대해 다음과 같은 결론을 내렸다.

> 나는 마침내 '용서하는 자'가 되는 것을 그만두었다. (…) 국립극장에서 공연한 조너선 밀러의 작품에서 로렌스 올리비에가 샤일록을 우스꽝스럽게 묘사하는 것을 지켜보며, 나는 그 작품에 나타난 도저히 회복할 수 없는 반유대주의에 충격을 받았다. (…) 원작자의 문학적 천재성에도 불구하고—아니 누가 알겠는가, 바로 그것 때문일 수도 있다!—이 연극은 그저 유대인이 흡혈귀임을 확인하는 것 이상을 넘어서지 못했다. (『The Merchant』, 글렌다 리밍 편집)

웨스커는 셰익스피어의 극에 품게 된 분노를 해결하기 위해 그 줄거리를 새롭게 각색하는 방법을 택했다. 새롭게 각색한 이 작품에서 샤일록은 선한 사람이고, 셰익스피어의 극 제목인 상인 안토니오의 가까운 친구다. 웨스커의 시각에서 보면, 빌린 돈을 제때 갚지 못한 위약금으로 안토니오의 살 1파운드를 떼어내겠다는 자신의 권리를 법정에서 요구하는 유대인인 셰익스피어의 샤일록은, 유대인을 돈밖에 모르는 지독한 악인으로 묘사하는 서구 반유대주의의 전형이었다. 그 결과, 1976년에 최초로 공연된 『베니스의 상인』에서 샤일록이 안토니오의 살을 베어낼 수 없다는 것을 법정에서 포샤가 분명하게 말할 때, 웨스커의 샤일록은 오히려 크게 안도한다.

셰익스피어 작품의 플롯을 거꾸로 뒤집는 것은 각색가들이 계속해서 되풀이하는 일인데, 특히 셰익스피어의 견해 혹은 특정 시기의 지배적인 견해로 보이는 것을 그들 자신의 문화적, 정치적, 혹은 역사적 시각으로 도저히 받아들일 수 없을 때 더욱 그렇다. 하지만 『베니스의 상인』의 경우에는 플롯을 완전히 고쳐 쓰는 일이 아주 일찍부터 시작되었다. 1600년 출간한 이 작품의 표지에는 이 작품이 '앞서 언급한 상인의 살 1파운드를 베어내려 하는 유대인 샤일록의 극단적인 잔인성'을 다루고 있다고 쓰여 있다. 이 연극 작품 판본을 구입한 사람은 샤일록이 그의 끔찍한 복수에 성공하는 것으로 예상했을 수도 있다.

아마도 식자공이나 인쇄업자가 작업할 때 사용한 표지 사본이, 그것을 쓴 누군가가 작품을 읽지 않고 썼기 때문에 그런 실수가 있었을 것이다. 하지만 이 작품에 대한 현존하는 최초의 언급, 즉 인쇄업자가 작품을 인쇄하기 위한 권리를 확인하는 지불 기록을 보면, 작품의 제목이 무엇이었는지에 대해 약간의 의견 차이가 있었음을 알 수 있다. 그 기록에는 "베니스의 상인, 혹은 베니스의 유대인이라고 불림"이라고 되어 있다.

작품의 부제가 아니라, 작품의 다른 제목으로 언급되는 이 이름을 보면, 처음부터 관객들에게 가장 큰 영향을 미치는 인물은 샤일록이었다는 것을 알 수 있다. 극의 절정을 이루는 재판 장면에서, 변호사로 변장한 부유한 상속녀 포샤는 "여기에서 누가 상인이고, 누가 유대인입니까?"(4.1.171)라고 묻는다. 그리고 공작이 그 두 사람에게 앞으로 나서라고 명령할 때, 그녀는 "당신 이름이 샤일록이오?"라고 묻는데, 어떤 공연 작품들에서는 그녀가 샤일록이 아닌 다른 상대편에게 이 질문을 던지게 하여 샤일록이 ('내 이름'을 강조하며) "샤일록은 내 이름이오"라고 그녀의 말을 정정하게 만든다. 하지만 그녀뿐만 아니라 많은 사람들이 그녀가 겪는 혼란을 겪는다. 이 작품을 공부하는 학생들은 수 세대에 걸쳐 작품 제목의 그 상인(베니스의 상인)이 샤일록이 아니라는 말을 들을 필요가 있었다.

나치의 유대인 대학살의 결과이건 혹은 중동의 위기 때문이건 우리는 오늘날 특히 반유대주의에 대해 잘 알고 있다. 내가 공연 작품을 통해 조사한 주제, 즉 샤일록이 무대 위에서 표현되는 방식은 걱정과 염려를 불러일으키는 문제이다. 어떤 관객은 받아들일 만하다고 생각하는 반면 다른 관객은 참으로 불쾌하게 생각할 수 있다. 안토니오를 살리려는 필사적인 노력을 해봐도, 베니스 내부의 변호사들은 그를 구하는 방안을 찾을 수 없다. 베니스에는 특별히, 베니스 시민을 죽이려 하는 이방인에게 적용하는 엄격한 처벌이 있다는 것을 법정에 있는 공작에게 생각토록 해주는 인물은 허구적인 장소, 벨몬트에서 온 이방인 포샤이다. 셰익스피어의 베니스는 이방인들, 즉 베니스에서 살고 일하고 거래를 하지만 베니스인이 아닌 사람들에 대한 차별 대우를 법으로 제정하는 도시다. 하지만 베니스의 법률은 포샤의 죽은 아버지가 유언장에 정해 놓은 테스트, 즉 포샤와 결혼하기를 원하는 자는 누구든 (금, 은, 혹은 납) 세 개의 상자 중에 올바른 상자를 선택해야 한다는 규정에 응하는 구혼자들 중 첫 번째 인물, 모로코의 군주를 대하는 포샤의 태도에 반대 입장을 취할 필요가 있었을지도 모른다. 그가 잘 못된 상자, 즉 금 상자를 고른 후 그녀가 "얼굴색이 그와 같은 사람들은 모두 그렇게 골라주면 좋겠어"(2.7.79)라고 한 마지막 말은, 모로코 군주가 "내 얼굴색 때문에 날 싫어하진 마시오"(2.1.1)라고 말한 첫 번째 대사에 대한 반향으로 듣지 않을 수 없다. 그리고 그 두 대사는 극 안에서 피부색을 뛰어넘어 자신을 봐달라는 그의 요청으로 인해 그의 존재를 따로 부각시키지만, 이제는 분명히 그녀의 뿌리 깊은 인종차별주의로 변했다. 비록 그것이 불쾌하기는 하지만, 포샤는 무대 위에서 인종적, 종교적 타자를 나타내는 두 등장인물에 대해 백인 기독교인들과 똑같은 시각과 해결책을 제시한다.

베니스에서 돈과 상업적 거래

하지만 우리가 이 극의 인종적, 종교적 목적에 대해 어떤 반응을 보인다 하더라도, 그것들이 드러나는 배경을 지배하는 것은 돈이다. 극의 제목이 암시하듯, 『베니스의 상인』은 셰익스피어의 다른 어떤 극보다도 특히 돈과 상업적 거래에 관한 드라마다. 초기 근대 베니스의 현실과 비교하기 위해 셰익스피어가 창조하는 벨몬트의 세계는 포샤가 상속한 엄청난 부에 대한 지배력을 얻기 원하는 전 세계의 구혼자들을 끌어당기는 광활한 공간인 반면, 유럽의 무역 중심지 베니스에서 상인 안토니오의 부는 위험한 국제 무역의 산물이다. 자격을 갖춘 미혼 남성들이 모로코와 스페인, 나폴리와 프랑스, 영국, 스코틀랜드와 독일뿐만 아니라 베니스에서도 그녀에게 구혼하기 위해 찾아온다. 안토니오의 배들은 베니스를 떠나 전 세계를 가로질러 항해한다. 트리폴리스와 인도, 멕시코와 영국 그리고 그밖에 다른 곳으로 항해하는 것이다. 그런 모험적 사업 투자에서 그는 재원을 비축하고 위험을 분산하는 등 최대한 신중을 기한다.

> 내 재산은 배 한 척에만 실려 있는 것도 아니고
> 한곳에만 가 있는 것도 아닐세. 또 내 전 재산이
> 올해 운에 달려 있는 것도 아니란 말이야.(1.1.42-44)

포샤는 남성들을 그녀 쪽으로 강력하게 끌어당기는 에너지를 만들어내는 힘이자 자석이다. 안토니오는 화물을 잔뜩 실은 무역선들, 그의 거대한 상선들이 세계의 중심인 베니스로 다시 돌아와 베니스와 자신에게 더 많은 힘을 주길 기대하고 희망하며 그들을 세계 전역으로 보내는 힘이다.

샤일록의 부는 아마도 그의 동족인 튜발과 추스의 부와 마찬가지로 금전 대부의 산물이다. 돈이 돈을 낳는다. 샤일록이 1막 3장에서 안토니오와 밧사니오에게 야곱과 양들에 대해 이야기할 때, 안토니오는 "이자를 정당화하려고 그 얘기가 성경에 쓰였다는 거요?/아니면 당신의 금화와 은화가 암양과 숫양이라는 거요?" (91-2)라고 물으며 그 이유를 궁금해한다. 영어 표현에 '암양'을 가리키는 ewes라는 단어는 '유대인'을 가리키는 jews라는 단어와 '사용'의 뜻을 갖는 use라는 단어에 대한 동음이의어 말장난을 내포하고 있다. 왜냐하면 샤일록이 "그건 모르지만, 내 돈도 그만큼 빠르게 새끼 치지요."(93)라고 대답하듯, 유대인들은 이자를 통해 부자가 되기 때문이다. 샤일록의 거래에서 돈은 새끼를 치고, 대부분의 돈을 버는 다른 방법들로부터 제한되었기 때문에(유대인들은 당시 자유롭게 거래를 할 수 없었기 때문이다) 이 유대인의 돈 거래는 일종의 성적 도착을 나타내며, 암양을 이용한 속임수로 재산을 늘린 야곱처럼 간교한 것으로 여겨진다.

하지만 하고 있는 사업이 돈과 성의 혼합물인 것처럼 보이는 사람은 유대인들만이 아니다. 셰익스피어의 베니스는 무역의 도시로서 분명 기묘한 곳이다. 안토니오는 우리가 무대 위에서 볼 수 있는 유일한 기독교인 상인이다. 다른 사람들은 모두 젠틀맨(신사)이지 상인이 아니다. 현대 공연 작품들은 흔히 극의 첫 장면의 배경을 어떤 술집이나 식당 혹은 여관 같은 곳으로 설정한다. 그리고 그때마다 항상 다른 사람들을 위해 돈을 내는 사람은 안토니오다. 베니스에 사는 젠틀맨들은 돈이 없다. 그들은 재산을 상속받았을지는 모르지만 모두 써버렸고, 그 재산을 회복시킬 방법을 찾아야 했다. 보통 그 방법은 돈과 결혼하는 것인데, 그 대상이 벨몬트에 있는 포샤이건 베니스에 있는 제시카이건 상관없다. 극 중에서 여성들은 거래의 대상이 되는 상품이다. 왜냐하면 그들이 상자를 가져오기 때문이다. 그게 포샤의 구혼자들이 선택해야만 하는 세 개의 상자이건, 샤일록의 딸 제시카가 도망칠 때 아버지 집에서 훔쳐 가지고 나오는 금화나 보석이 가득한 상자이건 다를 바 없다.

이 베니스라는 도시에서 또 다른 이상한 점은 남성성이 압

도적이라는 사실이다. 극 중 어느 시점에도 기독교인 여성이 언급되지 않는다. 남성들 중에 결혼한 사람은 아무도 없는 듯하다. 죽은 아내 레아와 살아 있는 딸 제시카를 가진 샤일록의 가족이 유일한 듯 보인다. 그리고 제시카가 기독교인과 결혼하자 샤일록은 그녀가 죽어버리기를 바란다. "내 발 앞에서 그년의 시신을 입관시켰으면 좋겠네."(3.1.81-2) 제시카가 아버지의 억압적인 가정으로부터 도주하는 것과 가족, 종족, 그리고 종교를 거부하는 것은, 그녀가 겉으로 자신의 성을 변화시켜 기독교 국가인 베니스의 남성 세계에 동참함으로써 이루어진다. 그녀는 소년으로 변장하여 로렌조와 그의 친구들을 만나기 때문이다. 아버지의 집을 미래의 남편의 집과 교환할 때, 제시카는 이 극의 교환과 거래의 체계에 참여한다. 그것은 어떤 것을 다른 것으로 대체하는, 상인의 사업에서 중심이 되는 상품화와 변형으로 설명할 수 있다. 어떤 경우에서건, 이 극의 희극적 하인(처음에는 샤일록의 하인이지만 나중에는 밧사니오의 하인)인 랜슬럿 고보가 주장하듯, 종교적 변심인 개종조차도 경제적 결과를 도출한다. 왜냐하면 제시카를 기독교인으로 개종시켜 기독교인의 수를 늘림으로써, 로렌조는 "돼지고기 값을 올려놓았기"(3.5.32) 때문이다. 이어지는 대화에서(33-6) 로렌조는 랜슬럿에게 그가 '흑인 계집의 배'를 부르게 해서 그 무어 여자를 임신하게 했음을 상기시킨다. (셰익스피어는 그 두 종족을 구분하지 않는다) 이 극은 절대로 이 흑인 여성의 이름을 밝히지 않으며, 그녀를 눈에 보일 정도로 분명한 존재로 묘사하지도 않고, 무대 위에 등장시키지도 않지만 그 대화는 베니스에 살고 있는 듯한 유일한 다른 여성, 또 다른 인종적 이방인이면서, 랜슬럿이 그저 창녀로 무시할 수 있는 여자를 떠올리게 한다. 신앙, 성, 그리고 돼지고기가 거래의 유일한 양상들이고, 적어도 거래에 내재되어 있는 것들이다.

화폐와 환율

그밖에 무엇이든지 『베니스의 상인』에서 거래하고 교환할 수 있겠지만, 가치를 화폐 용어로 표현하는 유일한 단위는 더컷이다. 셰익스피어는 더컷이라는 단어와 더컷의 복수형 단어를 열 편의 극작품에서 59번 사용한다. 『베니스의 상인』에서는 이 단어를 33번 사용했다. 또한 『십이야』의 일리리어, 예를 들어 『심벨린』과 같은 작품의 배경인 이탈리아, 『햄릿』의 덴마크, 그리고 『착오희극』의 에페수스에서 사용한 화폐 단위들 중 하나이다. 이 단어는 『베로나의 두 신사』, 『로미오와 줄리엣』, 『헛소동』, 『자에는 자로』, 그리고 『말괄량이 길들이기』에서도 언급된다.

더컷은 이탈리아 동전이었지만 영국에서도 통용되었기 때문에, 셰익스피어의 관객들은 그 화폐 가치에 대해 현대 영국 관객들이 달러나 유로에 대해 갖고 있는 만큼의 분명한 개념을 갖고 있었을 것이다. 일부 더컷 동전들은 뒷면에 예수의 모습을 새겼는데, 이는 샤일록이 '기독교인의 더컷'(2.8.16)이라고 칭하는 배경이라고 할 수 있다. 은화 더컷들도 있었지만, 『베니스의 상인』의 베니스 동전들은 분명 거의 금화였고, 그 금화의 가치는 약 8실링과 11실링 사이(현대 화폐 가치로는 40펜스에서 55펜스 사이)쯤이었다. 그때도 지금처럼 환율은 언제 어디에서 화폐를 바꾸느냐에 달려 있었다. 상인 입문서를 쓴 안토니오 살루타티는 1416년에 "환전을 취급하는 사람과 상품을 취급하는 사람은 항상 걱정과 염려에 사로잡혀 있다. 난 차라리 여러분에게 라자냐와 마카로니 요리법을 알려주겠다"라고 말했다. [프레드릭 레인과 레인홀드 뮤엘러의 『중세와 르네상스 시대 베니스에서의 돈과 금융거래』 2권, 베니스의 금융시장(1997)에서 인용] 하지만 대략적으로 계산하면, 1파운드에 2더컷의 비율이 적절한 듯하다. 참고 문헌을 통해 우리가 알 수 있는 한, 셰익스피어는 대략적인 환율에 맞게 더컷의 가치를 일관성 있게 유지한 것으로 보인다.

현대 화폐 단위로 그 액수가 어느 정도인지 계산하는 것은 훨씬 어렵다. 인플레이션을 염두에 둔 계산은 항상 어렵다. 『베니스의 상인』에서 샤일록이 안토니오에게 빌려주는 돈의 가치, 3천 더컷은 『십이야』의 앤드류 에이규치크 경의 연간 수입이었고, 이는 젠틀맨 신분이라는 것을 입증할 만한 표현이었다(『십이야』, 1.3.20). 관객들은 그 액수가 대략 1년에 천 500파운드에 상응하는 것으로 들었을 것이고, 스트래트포드의 학교 선생이 방과 식사를 제공받으며 1년에 20파운드를 받았던 시대에 이는 상당한 재산을 나타내는 것이었을 테다. 만약 우리가 당시의 화폐 가치에 약 250배를 한다면, 그 액수의 현대적 가치를 어느 정도는 합리적으로 나타내 줄 것이다. 앤드류 에이규치크 경의 연간 수입은 현대 가치로 따지면 최소한 37만 5천 파운드정도인 것이다.

계약서와 벌금 조항, 저녁 식사와 다이아몬드 계산서, 약혼자가 미래의 남편에게 주는 아낌없는 선물, 그리고 결정적 역할을 하는 대여에 대한 관심을 포함하여, 『베니스의 상인』에 나타난 경제적 거래에서 돈의 가치는 무척 중요하다. 왜냐하면 극 중 더컷에 대한 언급이 계속 늘어나면서, 그러한 언급들이 각각의 돈의 액수와 가치를 측정할 수 있는 일관성 있는 경제적, 재정적 체계를 암시하기 때문이다. 이 체계는 마치 극 중에서 돈이 기묘하게 창의적인 힘을 발휘하는 것처럼 그 금액이 스스로의 생명력을 갖는, 차이와 연결의 체계이다.

벌금과 고리대금업

안토니오가 만기가 된 차용증서의 빚을 갚지 못해 샤일록이 위약에 대한 처벌로 살 1파운드를 떼어내려 한다는 소식이 벨몬트에 도착했을 때, 살레리오는 샤일록이 그 금액을 갚는 것을 더 이상 받아들이지 않을 거라는 것을 분명히 안다. "유대인에게 갚아야 할 돈을/그(안토니오)가 지금 가졌다 하더라도 그 유대인이/그걸 받을 것 같지 않네."(3.2.272-4) 재판 장면에서 샤일록이 "내가 그에게 요구하는 살 1파운드는/비싼 돈 주고 산 내 것이니"(4.1.99-100)라고 분명히 하는 것처럼, 안토니오의 살 1파운드를 갖는 것은 차용증서에 적힌 금액을 포기할 만한 가치가 있다. 그런데 샤일록이 말하는 이 표현은 포샤가 그녀를 향한 밧사니오의 사랑을 평가할 때 썼던 표현을 의미심장하게 반복한다. 안토니오의 빚을 청산하도록 포샤가 밧사니오에게 주는 금전적인 선물과 관련해서 그녀는 "당신을 값비싸게 얻었으니, 값비싸게 사랑하겠어요"(3.2.313)라고 말하기 때문이다. 이 사람 고기 1파운드는 샤일록에게 3천 더컷이나, 혹은 1킬로그램에 6천 더컷의 비용인 것이다.

실제로 그가 더 많은 액수를 제안받았더라도 그것은 샤일록에게 중요하지 않았을 것이다. 벨몬트에서 제시카는 모여 있는 사람들에게 다음과 같이 말한다.

> (…) 아버지가 같은 유대인 친구
> 튜발과 추스 아저씨에게 맹세하는 걸 들었어요.
> 안토니오 님이 아버지께 빌린 전액의 스무 배를 받느니
> 오히려 안토니오 님의 살을 베어내겠다고요.(3.2.284-8)

샤일록은 6만 더컷이라도 받으려 하지 않을 것이다. 적어도 그 금액은 그가 안토니오를 죽이기 위해 거부할 수 있는 가장 큰 액수다. 현대 화폐 단위로 환산하면 750만 파운드나 되는 이 엄청난 액수는 샤일록이 상상할 수 있는 한계, 터무니없이 과도한 빚 청산을 나타낸다. 석 달 후, 차용증서에 명시된 원금의 스무 배를 갚는다는 것은 연이율로 계산하면 8천 퍼센트의 놀라운 이율이다. 물론 샤일록이 고리대금업자라는 증거는 없다. 그가 높은 이율의 이자를 청구한다는 표시는 없다. 하지만 안토니오가 이자를 받지 않고 돈을 빌려주는 행위는 유대인 대부업자들이 청구할 수 있는 이율에 영향을 미친다. "저자가 어리석게/돈을 공짜로 빌려줘서 이곳 베니스에서/우리들의 이자율을 끌어내리기 때문에 더 싫어"(1.3.41-2). 샤일록에게는 이것이 마음에 사무쳐 있다. 그는 나중에 안토니오의 친구들에게 "차용증서나 잘 보라고 하시오. 그자는 기독교인의 호의로 돈을 빌려주곤 했소"(3.1.44-5)라고 경고하며 비슷한 언급을 한다. 하지만 이 장면에서도, 극 중에서 유일하게 고리대금업에 대한 명백한 비난이 드러난다. "그자는 날 고리대금업자라고 부르곤 했지."(43) 1막 3장에서 샤일록이 세 번 사용

하는 '이자'를 뜻하는 단어 usance는, 법정에서 안토니오가 "그의 재산의 반을 내가 사용할 수 있다면"(4.1.379-80)이라고 말하는 것처럼 고리대금업과 연관되는 단어지만, 과도하고 불법적인 이율이라는 경멸의 의미를 내포해 온 오랜 역사와는 관계없다. 샤일록은 안토니오가 자주 자신을 고리대금업자라고 부른 것에 특히 분노한다. 그것은 심한 비난이기 때문이다.

고리대금업과 법

샤일록과 안토니오 사이의 차용증서는 사실 고리대금의 문제가 아니다. 살 1파운드는 벌금이지 이자가 아니다. 그 차용증서는 고리대금 행위에 대한 영국의 법률 하에서도 아무런 위험이 없었을 것이다. 특히 셰익스피어가 『베니스의 상인』을 썼던 시기에 영국의 법 원리를 규정했던 1571년 법령에서는 더욱 그랬을 것이다. 비록 성경이 모든 이자 청구를 고리대금 행위로 금했지만, 영국의 법률은 용인할 만한 이자와 불법적으로 높은 이율 간의 차이를 인정했다. 이 법령 하에서는 10퍼센트 이상의 이자를 청구하는 차용증서는 자동으로 무효 처리되었지만, 일부 개인들이 계속 폭리를 취하는 것을 막지는 못했다. 셰익스피어는 자신의 가족이 직접 그 법령의 효과를 경험했던 것을 기억했을 것이다. 셰익스피어가 여섯 살이던 1570년, 그의 아버지 존 셰익스피어는 80파운드와 100파운드를 사업 동료에게 빌려주고 20파운드의 이자를 청구했다가 고리대금 법을 어겼다는 이유로 두 번 고발당했고, 그 결과 한 번은 2파운드의 벌금을 부과 받았다. 하지만 샤일록의 차용증서는 이자율에 관한 영국의 법률 하에서 받아들여질 수 있었을 것이다.

하지만 살 1파운드의 벌금을 정하는 계약서가 영국 법의 다른 측면들에서 볼 때도 합법적이었을까? 법정 장면에서 셰익스피어가 영국의 두 법률 체계 사이의 긴장을 극화한 것일 수도 있다. 즉, 법령과 판례에 따르는 일반법과, 모든 결정을 자연법과 양심이라는 모호한 개념에 기초한 형평법의 섭리가 그것이다. 자비에 대한 포샤의 호소는 형평법에 대한 호소로 들렸을 수 있다. 아마도 계약서를 존중할 수 있는가의 문제와 그 내용을 어떻게 집행해야 하는가에 관한 논쟁은, 글로브 극장에 있는 관객들에게는 극단적으로 표현하면 당대 영국 법체계의 또 다른 분야였던 런던의 스테이플 법정의 영역에 속하는 문제처럼 보였을 수도 있다. 스테이플 법정은 외국 상인들과의 거래 분쟁을 다루기 위해 특별히 세워졌지만, 베니스의 법정에서 계약서에 관한 논쟁이 살인미수 사건으로 변하는 것과 마찬가지로, 상황에 따라서는 형사 법정이 될 수도 있었다.

베니스와 벨몬트

법정 드라마는 극적 긴장감을 직접 보여주는 강점뿐 아니라, 극장 밖에서 경험할 수 있는 세상과의 관계를 직접 보여주는 강점을 갖고 있다. 하지만 그런 법정 드라마라 해도 포샤의 벨몬트에 중요한 부분을 형성하지는 못한다. 벨몬트는 극 초반, 밧사니오가 황금 양털을 찾아가는 이아손의 신화적 모험에 비유한 환상 공간이기 때문이다.

> (…) 그녀의 빛나는 머리칼은
> 황금 양털처럼 그녀의 관자놀이에 걸려 있어
> 그녀가 사는 벨몬트를 콜키스의 해안으로 만들고
> 많은 이아손들이 그녀를 얻으려 찾아온다네. (1.1.169-72)

포샤 아버지의 유언이 아무리 그녀가 남편을 선택하는 것을 무겁게 짓누르고, 그녀가 가부장제의 함정에 붙잡혀 있다는 것을 관객들이 분명하게 이해한다 할지라도, 벨몬트는 베니스보다는 낭만 동화를 위한 배경에 더 가까운 듯하다.

극 중에서 베니스와 벨몬트 두 장소를 오가는 움직임의 많은 부분은 당대 연극 관람자들이 극 중 사건들을 영국의 현실과 얼마나 무관한 것으로 보느냐 하는 정도에 좌우될 수 있다. 즉 그때 당시 이 극이 어떤 종류의 극인가를 규정하는 단순한 환상이나 이국적 특성의 일부로 보는 정도로 좌우될 수 있는 것이다. 르네상스 시대 런던의 시각으로 보면, 당시 베니스는 런던과는 달리 부유할 뿐만 아니라 위험한 도시였고, 런던이 앞으로 닮게 될, 그런 종류의 도시에 대한 경고로 여겨졌다. 당시 런던의 경제력이 증가하는 것에 비례해서 베니스의 영향력은 줄어들고 있었다. 세계 무역에 대한 런던의 통제력도 어느 날 마찬가지로 시들해지기 시작할 것인가? 런던 사람들이 두 도시를 어떻게 비교한다 할지라도, 그들은 동시에 셰익스피어의 베니스를 실제 도시, 즉 어떤 식으로든 런던의 현실적인 삶의 모습 같은 도시 환경에 대한 묘사로 볼 수 있었다. 물론 벨몬트는 그저 허구의 공간으로만 보일 수도 있다.

부분적으로는 벨몬트에서의 행위, 즉 세 개의 상자 중에서 올바른 것을 골라 포샤를 얻는 행위는, '셋 중에서 선택하는 이야기'라는 오래된 전통에서 온 것이다. 셰익스피어는 『리어왕』에서 리어가 세 딸 중 선택하는 이야기로 돌아가는데, 프로이트는 자신의 수필 「세 상자의 주제」에서 이 선택을 『베니스의 상인』에 비유했으며, 이를 죽음의 선택이라 분석했다. 여러 유형의 상자 이야기는 9세기로 거슬러 올라간다. 셰익스피어는 아마 중세 시대의 이야기 모음집인 『로마인들의 행동』(Gesta Romanorum)을 통해 그것을 알았을 것이다. 그 모음집의 일부는 1577년에 번역본으로 출간되었고, 1595년에 개정판이 나왔다. 셰익스피어는 이 최종 판본을 이용한 듯하다. 옛 이야기를 찾아보려고 새 책을 조사한 것이다.

유대인

마찬가지로 사람의 살을 베어내는 계약서 이야기도 오래된 것이다. 셰익스피어는 원본이나 또는 원본에 가까운 번역본을 통해 피렌체의 작가 세르 지오반니의 책을 알게 되었을 것이다. 그 책은 『일 페코로네』라고 불리는 이야기 모음집인데 14세기 후반에 쓰였지만, 1558년 밀라노에서 처음 출간되었다. 셰익스피어의 작품들이 거의 모두 그러하듯, 『베니스의 상인』에 등장하는 셰익스피어의 플롯은 독창적인 것이 아니다. 만약 법정에 대한 법적인 관심이 이 오래된 이야기를 좀 더 직접적으로 런던과 연결시킨다면, 그 이야기로부터 어느 정도 거리감을 유지시켜주는 것은 베니스라는 배경만이 아니다. 이야기 속에 담긴 악독한 유대인에 대한 관심도 마찬가지다. 왜냐하면 유대인들은 극 중 베니스보다 셰익스피어의 런던에서 훨씬 더 찾아보기 힘든 존재였기 때문이다. 1290년 에드워드 1세는 유대인을 공식적으로 추방했지만, 일부 유대인들은 여전히 근대 초기의 영국에서 살고 있었다. 겉보기에 이들은 모두 개종한 사람들이었지만, 그중 일부는 겉으로만 기독교인이면서 비밀리에 자신들의 종교 의식을 유지하는 마라노였을 것이다. 사람들은 유대인을 악마라고 믿었고, 유대인은 무대 위에서도 종종 악의 근원으로 묘사되었기 때문에 이러한 저주받은 사람들에 대한 적대적인 문화에 대항할 만한 긍정적인 유대인의 이미지는 거의 없었다. 비록 로버트 윌슨의 극 『런던의 세 귀부인』(1584)에는 유대인에게 빚을 갚느니 차라리 이슬람교로 개종하기를 원하는 이탈리아 상인, 희극적인 악당과는 정반대되는 선하고 인정 많은 유대인 제론터스가 등장하지만 ―이 플롯은 법정 장면의 결말에서 샤일록의 강제 개종으로 다시 되풀이된다고 볼 수 있다― 이 선한 유대인의 유일한 예를 상쇄해 버릴 유대인 악당들이 결코 부족하지 않았다. 크리스토퍼 말로의 인기극 『몰타의 유대인』은 1589년에 쓰였고, 1594년에 재유행했으며, 셰익스피어가 공동 소유주였던 챔벌레인 경 극단의 대표적인 경쟁 상대였던 제독 극단이 이 작품을 1596년에 자주 공연했다. 사실 셰익스피어의 『베니스의 상인』은 말로의 극으로 연이어 성공을 거둔 경쟁 극단에 대한 대응의 산물일 수도 있다. 말로 작품의 유대인 바라바스는 몰타 기독교인들의 타락을 드러내는 극적 수단일 수도 있지만, 그렇다고 그게 그의 흉악한 악행을 줄여주지는 않는다. 다른 극에서도 사악한 유대인들이 있었으며, 토머스 내쉬의 『불행한 여행자』(1594) 같은 이야기에도 사악한 유대인이 등장한다.

엘리자베스 여왕의 주치의였던 로더리고 로페즈는 개종한

포르투갈 출신의 유대인이었지만, 그는 여왕을 암살하려는 예수회의 음모에 가담한 것으로 밝혀져 1594년에 사형당했다. 로페즈는 아마도 재판에서 유대인이라는 이유로 공격받지도 않았고, 교수대로 가는 도중에 유대인이라는 이유로 조롱당하지도 않았으며, 한때 그렇게 여겨진 것처럼, 그의 원래 유대 신앙은 널리 알려지지도 않았을 것이다. 영국 법정에서 유대인들이 법 앞에서 공정한 대우를 받았다는 광범위한 증거가 있다. 『베니스의 상인』을 최초로 공연한 날에 가까운 1596년, 한 영국 상인의 미망인이, 그녀의 남편이 대리인으로 삼았던 포르투갈 출신의 유대인들을 상대로 소송을 제기했는데, 이들도 공정한 재판을 받았다는 증거가 있다. 런던에 살았던 유대인들은 기독교 국가와 기독교 시민들에게서 이해받을 수 있을 정도의 관용을 경험했는데, 겉으로 기독교 신앙을 따르는 모습만 보이면 거래나 장사를 할 수 있고, 집에서는 자신들의 종교 의식을 할 수 있는 진정한 자유를 가졌다. 런던에는 베니스의 게토와 같은 곳이 없었다. 베니스의 게토는 유대인들을 강제로 살게 하고, 밤에는 그곳에서 나오지 못하게 제한했던 지역이다. 게토라는 단어는 베니스에서 처음 생겨났으며, 런던은 베니스에 비하면 충분히 견딜 만한 장소인 것처럼 보였다. 토마스 코리엇 같은 외국 여행자들의 보고에 따르면, 영국인들은 유대인의 종교 의식에도 호기심을 보였다. 코리엇이 쓴 베니스의 유대인들과 그들의 할례의식에 대한 이야기는 1611년 출간되었는데, 그때는 셰익스피어의 극이 공연되고 출간된 지 몇 년이 지난 후였다. 하지만 종교적 저주, 신비로우면서도 사악한 의식, 돈에 대한 탐욕, 그리고 기독교의 모든 것에 대한 악의적인 반감과 유대인을 연관 짓는 것은 여전히 대중들의 의식을 지배했다. 흔히 그러듯, 실제 지역에서 행해지는 관용적 태도와 대중적인 신화는 상당한 차이가 있었다.

하지만 단순히 샤일록이 유대인이기 때문에 비기독교적인 모든 것을 대변한다고 파악하는 것은 적절하지 않다. 샤일록이라는 이름 자체가 다른 의미들을 암시할 수도 있다. 그 이름은 아마도 욕심 사나운 사람, 고리대금업자를 욕하는 히브리어 셸라크(shellach)에서 유래했을 수도 있으며, 또는 실록(Shiloch) 또는 실로(Shiloh) 또는 셸락(Shelach) 또는 셸라(Shelah) 또는 학자들이 샤일록이라는 이름의 출처로 제안해 온 다른 히브리어 이름에서 유래했을 수 있다. 하지만 그 이름은 또한 화이트록(Whitelock)이나 화이트헤드(Whitehead)처럼 흰 머리칼을 의미하는 영국 이름이었다. 그리고 현재와 마찬가지로, 셰익스피어가 살았던 런던에도 샤일록이라는 이름을 가진 사람들이 있었다는 것은 충분히 가능한 일이다. 돈 빌려주는 사람의 이름인 샤일록은, 마찬가지로 쉽게 베니스의 유대인인 영국인을 나타낼 수 있었을 것이다. 유대인들이 고리대금업과 연관되었던 반면, 이자 받는 것을 기독교적으로 정당화하는 것은 신교 사상과 자본주의 사이 상호연계의 일부였다. 왜냐하면 캘빈 역시 신용의 중요성을 주장했기 때문이다. 이자의 합법화는 고리대금의 죄를 법적으로 정당화시켰으며, 지나치게 높은 이율만 아니라면 이자는 초기 근대 영국이 순조롭게 발전하는 데 필요한 것이었다.

어떤 경우든, 샤일록은 극 중에서조차 모든 유대인을 대변하지는 않는다. 일 처리에서 튜발은 샤일록의 행동을 분명하게 무시하는데, 이는 등장하는 유일한 다른 유대인 남성에게도 샤일록의 복수가 분명히 용납하기 어렵다는 것을 보여준다. 제시카도 자신의 아버지를 거부한다. 법정에서 샤일록은 다른 동료 유대인들에게 둘러싸여 들어오지 않고, 혼자 들어온다. 돈뿐만 아니라 딸까지 잃어버린 것 때문에, 그가 자신의 동족 집단이 정한 사회적 수용의 한계를 넘었을 수도 있다. 1막 3장에서 안토니오에 대한 샤일록의 반감은 그의 이자 수익에 대한 안토니오의 행동 때문만이 아니라, 분명 안토니오의 반유대주의 때문에 생겨난 것이다. ("그는 성스러운 우리 민족을 증오하고" 45) 하지만 그 반감이 여기에서 꼭 살인을 목적하지는 않는다.

이 단계에서 그 계약서가 안토니오를 죽이기 위해 고안되었다는 것은 분명치 않다. 그리고 계약서의 내용은 극의 진행 과정에서 묘하게 바뀐다. 처음에는 살 1파운드를 "나리의 몸 어느 부분에서건 제가 원하는 대로 (…) 베어낼 수 있"(1.3.147-8)다고 되어 있다. 셰익스피어와 그의 관객들 중 일부는 1596년에 출간된 번역본 알렉산더 실바인의 『웅변가』에 나오는 이야기를 잘 알고 있었을 것이다. 그 이야기에서 유대인은 "모두 합쳐서 정확하게 1파운드가 되는 것을 전제로, 그의 보이지 않는 신체 일부"를 떼어내겠다고 주장한다. 이 유대인은 경멸적인 할례의 극단적인 형태인 거세를 염두에 두었을 수도 있으며, 아마 샤일록 역시 그랬을 수 있다. 하지만 극 행위가 법정 장면에 이르렀을 때쯤에는 계약서의 파운드 조항 내용이 분명해진다. 포샤는 살 1파운드가 "상인의 심장 가장 가까운 곳"(4.1.230)이라고 쓰여 있는 것만 확인할 수 있을 뿐이다.

샤일록은 안토니오가 재산을 잃게 되었다는 소식을 듣고서 그전에 튜발에게 원수의 체포를 준비하라 명했는데, 그 이유는 "안토니오가 파산하면, 그자의 심장을 가질 것"(3.1.116-17)

이기 때문이다. 하지만 그 구절은 안토니오의 심장을 도려내 겠다는 구체적인 의도가 아니라 일반적인 위협처럼 들린다. 이익을 추구하는 샤일록의 태도는 ("그자가 베니스에 없으면, 난 내가 원하는 장사를 할 수 있지" 117-18) 살인이 목적이 아닌 것처럼 들리게 만든다. 관객들은 샤일록 같은 자가 거래를 좀 더 자유롭게 하기 위해 심각하게 살인을 의도할 수 있을 것인 지 궁금해할 수 있다.

하지만 법정 장면에 이르면, '심장'이라는 단어는 끔찍할 정도로 문자 그대로의 의미를 띠게 된다. 어원이 같은 말을 모두 포함하면 '심장'이라는 단어는 극 중에서 27번 사용되고, 우리가 그 의미를 거의 깨닫지 못하는 관용적인 표현으로 이미 20번이나 사용되었다. "진심으로"(with all my heart, 3.2.195 또는 3.4.35)라고 말하는 것은 신체의 의미를 강하게 표현하지 않는다. 하지만 지금은 그 함축된 의미가 너무나도 분명하게 드러난다. 사도 바울의 시각에서, 그가 구약성경「신명기」에 나오는 구절을 다시 생각할 때, 할례에 대한 기독교적 해석은 외적인 것이 아니라 내적인 것이었다. 포피의 할례가 아니라 심장, 즉 보이지 않는 영혼의 할례, 유일하게 그 진실을 시험할 하느님과 개인 자신만이 알 수 있는 변화를 의미하는 것이었다. 샤일록은 바울의 교리를 뒤집는다. 그는 심장 근처에서 떼어낼 것이며, 그 살은 그가 살레리오에게 말하는 것처럼 "내 복수심을 채우기"(3.1.49) 위한 것이다. 유대인이 기독교인에게서 배우는 것이라고 샤일록이 생각하는 게 바로 복수의 실행이기 때문이다.

3막 1장에서 자신의 행위를 옹호하는 샤일록의 대사는 흔히 인내를 나타내는 인간적인 진술로 읽혀왔다. 분명히 그는 안토니오의 동기를 정확히 반유대주의로 규정하면서 시작한다. "그런데 그 이유가 뭔지 아시오? 내가 유대인이라는 겁니다." (52-3) 하지만 유대인과 기독교인이 공유하는 공통적인 인간성의 항목들을 나열하다가 샤일록은 복수의 인간적인 동기에 관한 기독교적 교훈을 받아들이는 쪽으로 감정을 이끈다.

> 유대인이 기독교인에게 해를 끼친다면, 기독교인의 겸손이 무엇이겠소? 복수요. 만약 기독교인이 유대인에게 해를 끼친다면, 기독교인의 본보기를 따르는 유대인의 인내심은 무엇이겠소? 물론, 복수지요! 난 당신들이 내게 가르쳐준 악행을 실행하겠소. 힘들겠지만 배운 것보다 더 잘할 것이오. (62-6)

공통으로 손과 눈을 갖고 있다는 것은 별개의 문제지만, 한 종교 집단의 (비)도덕적인 교훈을 또 다른 종교 집단의 구성원들이 배워야 한다는 것은 요구 사항이 아니다. 인간이라는 사실이 복수의 권리를 요구하지는 않는다. 사실 다른 **뺨**을 돌려대라는 교리를 고려할 때 기독교 사상은 분명 "눈에는 눈으로"라는 구약성경의 보복 원리에 대한 거부에 기초하고 있다. 만약 이 기독교인들이 비기독교적 방식으로 행동해 왔다 하더라도, 그게 샤일록을 정당시키지는 않는다.

벨몬트의 사랑과 부

『베니스의 상인』에서 자주 볼 수 있는 바와 같이, 셰익스피어는 우리에게 베니스에서 일어나는 일과 벨몬트에서 일어나는 일을 비교하게 하고, 두 장소의 도덕적 가치를 비교하게 한다. 여성과 남성이 다르게 행동하는지 그렇지 않은지에 대해 궁금하게 만드는 패턴을 조성한다. 샤일록과 관련된 플롯에서 살 1파운드를 떼어 가는 것은 포샤와 밧사니오가 두 사람의 사랑에서 우러나 자신의 심장(마음)을 주는 것과 대비된다. 그런데 그 두 사람은 안토니오처럼 법적인 문서, 즉 상자 고르기 시험을 강요하는 포샤 아버지의 유언에 걸려든다. 제시카가 벨몬트에 모인 사람들에게 그녀의 아버지 샤일록이 6만 더컷("빌린 전액의 스무 배를 받느니/오히려 안토니오 님의 살을 베어내겠다고요" 3.2.287-8)을 받지 않을 거라고 말하기 바로 전에, 셰익스피어는 밧사니오를 위해 훨씬 더 아름답고 훨씬 더 부자이고, 현재의 그녀 자신보다 몇 배나 더 나아지고 싶은 포샤의 참으로 겸손한 소망을 통해 60과 천이라는 숫자를 사용했다.

> 하지만 당신을 위해서라면
> 저는 현재의 모습보다 60배나 더 나아지고 싶고
> 천 배나 더 아름답고, 만 배나 더 부유해지고 싶어요.
> 오로지 당신에게 높이 평가받고 싶기 때문이지요. (3.2.152-7)

하지만 포샤의 곱셈표가 부의 개념을 포함한다 할지라도, 그것은 추상화된 숫자의 개념이지 베니스 또는 벨몬트의 경제 수단으로 바꿀 수 있는 어떤 것이 아니다. 이 숫자의 의미는 벨몬트의 환상의 일부이다. 그곳은 포샤의 초상화가 들어 있는 올바른 상자의 선택이 환상적 사랑이 들어 있는 장소에 대해 궁금해하는 노래 "말해 다오 환상적 사랑이 어디에서 자라는

지/가슴속인가, 머릿속인가?"(3.2.63-4)를 수반하게 될 장소이다. 제시카의 진술과 함께 그것은 계약서를 고집하는 샤일록이라는 현실 속에 새롭게 자리 잡는다. 여기서 이 엄청난 액수는 샤일록이 자신의 복수의 정도를 평가하는 액수이다.

제시카는 최대한 솔직하게 말하지만, 포샤는 그녀의 말을 이해하는 데 어려움을 겪는 듯하다. 어쩌면 그녀는 제시카의 말을 제대로 듣지 않고 있는지도 모른다. 아마도 그녀는 이제서야 제시카가 안토니오의 이름을 두 번 언급하는 것의 함축된 의미를 이해하는 것 같다(286, 290). 포샤가 제시카의 말에 직접적으로 반응을 보이지 않은 것은 분명하다. 왜냐하면 제시카의 말 다음에 이어지는 "이처럼 곤경에 처한 분이 당신의 절친한 친구 분이신가요?"(291)라는 포샤의 대사는 제시카가 아니라 밧사니오를 향한 것이기 때문이다. 여기에서 두 대사 사이에 있는 틈새는 중요한 의미를 가질 수 있다. 그 장면을 연출하는 방식은 여러 가지가 있다. 예를 들어 포샤는 유대인 여성의 말을 일부러 무시하고 있을 수 있다. 모로코 군주의 얼굴색을 싫어하는 포샤는 반유대주의적일 수도 있기 때문이다. 그리고 제시카가 들어올 때 그라시아노가 로렌조의 "이교도 애인"(218)이라고 소개한 후, 그 자리에 모인 사람들 중 누구도 이 대사를 하기 전까지 침묵하고 있던 제시카를 언급조차 하지 않았기 때문이다. 하지만 어떻게 연출하건, 대화의 정상적인 규칙인 진술과 응답을 무시하는 것은 주목할 필요가 있고, 연출에 반영할 필요가 있다. 이러한 틈새 사이에서 언급되는 돈 액수는 사회적 상호 관계에 대한 정의, 즉 유대인과 상속녀, 이 두 여성이 어떻게 서로를 의식하며 행동하는지에 대해 이해할 수 있는 수단이다.

포샤가 돈 액수에 대해 질문할 때, 벨몬트의 부는 분명해진다. 첫 장면에서 밧사니오가 안토니오에게 포샤가 "엄청난 유산을 받은 여인"(1.1.161)이라고 그녀에 대해 처음 언급했을 때부터 우리는 그녀가 아버지에게서 상당한 재산을 물려받았다는 것을 알았다. 현대 공연에서 그러한 사실은 벨몬트 장면에 쓰이는 화려한 무대 장치를 통해 명백해질 수 있을 것이다. 극 중 이 시점에서 그 사실은 화폐 가치로 분명하게 언급된다. 빚이 3천 더컷이라는 말을 듣고, 포샤는 다음과 같이 대답한다.

> 아니, 그게 전부인가요?
> 그에게 6천 더컷을 지불하고 계약을 취소하세요.
> 이처럼 훌륭한 친구 분이 밧사니오 님의 잘못으로
> 머리카락 하나라도 다치기 않도록
> 6천 더컷의 두 배를 하고, 그 금액의 세 배라도 지불하세요.
> (3.2.298-302)

결혼식을 엄숙하게 올린 후, 채 끝나기도 전에, 포샤는 밧사니오가 서둘러 베니스로 달려가야 한다고 제안한다. "그 사소한 빚의 스무 배를 갚을 만큼의 금화를 드리겠어요."(306-7) 여기에서 중요한 것은 "사소한"이라는 표현을 어떻게 해석하느냐에 달려 있다. 포샤는 샤일록이 결국 거절할 거라고 제시카가 이미 말한, 정확한 그 금액을 밧사니오에게 제안한다. 안토니오에게는 기독교인들을 포함해서 베니스의 어디에서도 3천 더컷의 돈을 끌어모으는 게 어려웠다. 그가 결국 혐오하는 샤일록에게까지 손을 벌리게 되었으니 말이다. 어떤 공연 작품들은 이것이 사실이 아닐 수도 있음을 암시해 왔지만, 샤일록조차도 현재 재정 상황으로는 당장 그 돈을 구할 수는 없다고 말한다. ("당장 3천 더컷 전부를/끌어모을 순 없소" 1.3.52-3) 하지만 포샤는 6만 더컷을 제안하는 데 주저하지 않는다. 그녀는 참으로 "엄청난 유산을 상속받았고", 우리는 그녀가 밧사니오를 얼마나 많이 사랑하는지, 그리고 그녀 아버지의 재산이 얼마나 많은지를 전부 알 수 있다.

베니스의 인간애와 부

이런 과정에서 관객들이 그녀의 아낌없는 사랑의 정도를 산술적으로 계산해 본다면, 그녀는 3만 6천 더컷을 제안하는 것이다. ("6천 더컷의 두 배를 하고, 그 금액의 세 배라도 지불하세요." 3.2.300). 그리고 그와 똑같은 숫자가 재판 장면에서 언급된다. 밧사니오는 샤일록에게 6천 더컷을 제안하는데, 이는 포샤가 계약서를 말소하기에 충분하다고 변론하는 금액이다. 그는 그 금액을 포샤에게 빌렸을 것이며, 어리석게도 샤일록의 복수 욕구를 누그러뜨리기에 충분할 것이라 기대하는 것이다. 만약 우리가 첫 장면부터 밧사니오를, 재산을 모두 탕진하고 안토니오의 아량에 의지해서 자신이 적당하다고 생각하는 방식으로 아내를 구하러 가는 낭비가이자, 사치하고 방탕한 인물이라고 생각해 왔다면, 그 생각은 6천 더컷이면 샤일록의 탐욕을 충족시키기에 충분하다는 것을 알 정도로 밧사니오가 돈과 인간 본성을 잘 이해하고 있다는 가정, 또는 여기에서 보여주는 신중함으로 인해 상쇄된다. 이 상황에서 돈 낭비에 대한 밧사니오의 생각은 매우 신중하다. 그는 자신이 가능하다고 생각하는 것을 할 만한 새로운 재산을 충분히 얻었지만, 지금은 그 전부를 다 활용하려 하지 않으며, 6천 더컷이 포샤 재산의 어느 정도 비율에 해당하건, 유대인을 다루기 위해 포샤가 제안한 그 정도의 금액만을 사용한다. 하지만 샤일록은 그 제안을 거절한다.

> 6천 더컷의 하나하나가
> 여섯 개로 나뉘고, 그 조각들이 각각 1더컷이 된다 하더라도
> 난 그걸 갖지 않겠소. 난 계약서대로 하겠소.(4.1.85-7)

대화를 통해 마음속에 떠오르는 가상의 돈 액수와 그 돈으로 무얼 할 수 있을까 하는 생각은 어떤 분명한 수단도 없이 벨몬트에서 베니스로 이동하고, 마술적으로 포샤의 생각에서 샤일록의 생각으로 옮겨 가면서, 지금 묘하게도 창의적인 상상력을 자극하게 된 것처럼 보인다. 머릿속의 개념으로서의 돈은 정확히 극의 그 시점, 즉 샤일록이 가장 극단의 상태에서 고집을 피우고 양보하지 않으면서 돈의 액수를 바꾸는 것을 결코 허락하지 않는 그 시점에서 유동적이고 일시적이다. 풍족한 돈의 액수에 대한 생각이 베니스에서 벨몬트로 이동했다가 다시 베니스로 돌아오는 것처럼, 돈 자체도 샤일록의 증오와 정의의 실현에 깊이 관련되어 있다. 이제 모든 것은 샤일록이 어떤 액수를 받아들일지에 달려 있고, 그 돈을 받아야 한다는 아무런 법적 강제 조항이 없다는 것을 알고 있는 상태에서, 자비를 베풀어야 할 이유에 대한 그의 평가에 달려 있다. 사실 법은 샤일록과 마찬가지로 확고부동하다. 악마 같은 샤일록을

다루기 위해 법을 한 번만 유연하게 적용해 달라는 밧사니오의 제안("당신의 권위로 한 번만 법률을 왜곡시켜/작은 잘못으로 크게 의로운 일을 하시어/이 잔인한 악마의 의지를 막아주시기 바랍니다." 4.1.212-14)은 변호사 발사자로 변장한 포샤를 놀라게 하며, 그녀는 "그럴 순 없습니다"(215)라고 대답한다.

샤일록의 거절로, 무이자로 금액을 정하고 채무 불이행에 대한 위약금을 돈으로 지불하지 않는다고 정한 원래의 계약을 어기는 것은 불가능해진다. 의미심장하게도 안토니오가 고리대금업자와 동일시한 샤일록은 빌린 돈에 대한 이자를 안토니오에게 청구하지 않았다. 우정을 가장한 태도로 샤일록은 안토니오가 동료 기독교인들에게 하는 것처럼 이자 없이 돈을 빌려주겠다고 제안했다.

> 전 나리의 친구가 되어 나리의 사랑을 얻고 싶어요.
> 나리께서 제게 주신 모욕은 잊어버리고
> 나리에게 당장 필요한 돈을 빌려드리면서, 내 돈에 대한
> 이자도 받지 않으려 하는데 제 말을 들으시려 하지 않는군요.
> 이건 제가 베푸는 친절입니다.(1.3.135-9)

밧사니오의 대답 "그런 게 친절이지"(1.3.140)는 아마도 의심스럽게 그 중요한 마지막 단어의 의미를 알아차리는 것이다. 'kind'(부류)와 'kindness'(친절)는 셰익스피어가 흔히 사용하는 말장난이다. 샤일록은 자신이 인정과 관용을 베풀겠다는 뜻과 이자 없이 돈을 빌려주면서 자신이 안토니오와 같은 부류라는 뜻 두 가지를 모두 전달하고 있으며, 유대인도 기독교인처럼 행동할 수 있고, 그렇게 할 의지가 있다는 뜻을 말

하는 것이다. 필연적으로 다른 집단, 즉 인간의 부분집합 혹은 안토니오가 인간 이하의 집단으로 취급하는 듯한, 도저히 기독교인이 될 수 없는 유대인 집단과는 달리 샤일록은 뭔가 다른 것, 어떤 형태의 통합을 제안한다. 즉, 적어도 이 한 번의 제안으로 베니스의 거래 관습을 받아들임으로써 지배적인 베니스 문화의 관습과 윤리에 효과적으로 동화하려는 태도를 보이는 것이다. 이 "kind"라는 단어의 개념은 야곱이 암양들로 재산을 불린 방법에 대한 샤일록의 정교한 설명으로 이러한 논의에 적용된다. 여기서 숫양과 암양 사이의 교미는 자연스러운 것이라 여겨지는데, 우리는 지금 그것을 "종의 특성" (species-specific)이라고 부를지 모르나, 셰익스피어는 이를 "짝짓기 행위"(82)라고 부른다.

대출과 담보

하지만 또 다른 문제가 있다. 그 문제는 자신에게 모자라는 3천 더컷의 나머지 금액을 어디에서 구할 것인가를 밝히는 샤일록의 대사에서 힌트를 얻을 수 있다. "내 동족 중에 튜발이라고 부유한 유대인이 있는데/그가 내게 융통을 해줄 거요." (1.3.54-5) 고리대금업에 관한 중요한 성경 구절 중 하나는 「신명기」(23: 19-20)에 있다. 아래에 인용하는 구절은 1587년에 나온 『제네바 성경』에서 인용한 것인데, 셰익스피어도 알았을 것으로 추정하는 번역본 중 하나이다.

네가 형제에게 꾸이거든 이식을 취하지 말지니 곧 돈의 이식, 식물의 이식, 무릇 이식을 낼 만한 것의 이식을 취하지 말 것이라.

타국인에게서 네가 꾸이면 이식을 취하여도 가하거니와 너의 형제에게 꾸이거든 이식을 취하지 말라. 그리하면 네 하나님 여호와께서 네가 들어가서 얻을 땅에서 네 손으로 하는 범사에 복을 내리시리라.

이방인에게 돈을 빌려주는 것에 관한 구절 가장자리에 있는 주석에는 "이것은 [유대인]의 가혹한 심성 때문에 일시적으로 허용되었다"라고 되어 있다. 이러한 설명은 성경에서조차 이를 분명하게 허용하고 있다는 점에서 고리대금에 대한 반감, 그리고 유대인과 고리대금의 전통적인 연관 관계를 암시하는 것이다. 샤일록이 자신의 동족이며, 성경 구절에 함축된 의미로 보면 "형제"인 튜발에게 돈을 빌릴 때, 그 돈이 결국 안토니오에게—혹은 좀 더 정확히 말하면 밧사니오에게—간다 할지라도, 튜발은 샤일록에게 이자를 청구할 수 없었을 것이다. 물론 두 기독교인 밧사니오와 안토니오 사이의 대출에는 법률적인 협정 같은 것은 없을 것이다. 밧사니오와 안토니오 사이의 대출은 상인과 기독교 젠틀맨(신사) 사이의 거래이며, 밧사니오가 안토니오에게 느끼는 의무감 외에는 아무런 담보도 없는 대출이고, 신사의 협정이다. 이런 대출의 형태를 보면, 내가 앞서 언급한 안토니오와 다른 베니스 기독교인들 사이의 계급 차이 때문에 베니스나 영국에서는 신사들이 신용으로 생활을 유지했으며, 상인들은 빌린 돈을 받기가 어려웠다는 것을 예시한다. 두 남자 사이의 감정적인 관계가 무엇이건, 밧사니오는 안토니오에게 "금전적으로나 애정적으로 가장 큰 빚을"(1.1.131) 지고 있다. 그리고 밧사니오를 연기하는 일부 배우들은 그들 관계를 채무 관계로 격하시키는 어색함을 가리기 위해 "애정적으로"라는 두 번째 구절을 서둘러 덧붙인다. 하지만 열렬한 우정이건 성적인 욕망이건, 함께 공유하는 감정이건 일방적인 감정이건, 동성사회적이건 동성애적이건, 그 관계는 샤일록의 계약서만큼이나 강한 효력을 갖는다고 입증하기는 어려울 듯하다.

어떤 경우든, 밧사니오가 여기에서 제공할 수 있는 최고의 담보는 단지 겨냥하는 화살의 정확성 정도에 불과하다.

> 학창 시절, 화살 하나를 잃어버리면
> 난 그 화살을 찾기 위해 모양과 무게가 같은 화살을
> 같은 방향으로 좀 더 조심스럽게 바라보며 쏘았네.
> 그리고 난 둘 다를 잃어버릴 수도 있는 모험을 통해
> 화살을 모두 찾곤 했지. (1.1.140-44)

밧사니오가 설명하는 이런 이미지는 안토니오가 밧사니오의 수중에 (혹은 좀 더 정확히 말해서 밧사니오의 손을 통과해서) 더 많은 돈을 쏟아붓는 것을 정당화하기 위해서 그가 안토니오에게 제공할 수 있는 유일한 경제적 변명 혹은 담보이다. 이 주장은 이중으로 설득력이 없다. 먼저, 그것은 단순히 자주 일어나기는 하지만 지속적인 해결책이 아니다. ("화살을 모두 찾곤 했지.") 두 번째로 그것은 궁술에서 일어날 수 있는 상황에 대한 잘못된 설명이다. 궁술가들의 말에 따르면, 과녁을 맞히지 못한 학생은 아주 드문 경우를 제외하고는 정확히 똑같은 실수를 반복할 수 없기 때문이다. 그리고 셰익스피어의 관

객 중 많은 사람이 훈련받은 궁사들이었으며, 즉시 그 추론의 오류를 알 수 있는 사람들이었다.

밧사니오는 "금전적으로나 애정적으로" 이중으로 안토니오에게 빚지고 있다고 인정한다. 돈뿐만 아니라 사랑도 갚아야 할 필요가 있고, 안토니오가 밧사니오에게 베푸는 사랑, 연장자가 젊은이에게 베푸는 사랑을 밧사니오는 돈을 빌리는 데 이용하거나 악용했다. 하지만 밧사니오가 빚을 진 사람은 안토니오뿐만이 아니다. 그가 진 빚들 중 일부는 좀 더 실질적인 채무를 요구하고 있음을 그는 암시한다.

> 가장 큰 걱정거리는, 지나치게 방탕하던 시절
> 내가 진 엄청난 빚을 청산하는 걸세. (1.1.127-130)

"저당잡혔다"(gaged)는 단어는 앞으로 안토니오가 그렇게 될 것처럼, 밧사니오가 빚을 졌다는 걸 의미한다. 안토니오 같은 상인의 운명과는 달리 밧사니오와 같은 젠틀맨이 다른 빚들의 만기를 지키지 못했을 때, 그에게 어떤 일이 일어날지는 이 극에서 분명하게 나타나지 않는다. 특별히 상속받은 재산 외에는 다른 수입이 없고, 상업적인 투기 거래라도 해서 생계를 유지할 필요가 없는 젠틀맨은 신용으로 산다. 밧사니오에게 보내는 안토니오의 편지를 통해서 우리는 상인이 어려움에 처하면 모든 신용을 회수당한다는 것을 알 수 있다. 안토니오는 "빚쟁이들이 잔인해지고"(3.2.316)라고 쓰고 있으며, 우리는 샤일록이 빚쟁이들 중 유일한 유대인이라고 가정해야만 한다. 밧사니오는 분명, 잘 사는 방법을 계속해서 찾아왔다. 비록 돈을 모두 써버렸다 하더라도 말이다.

하지만 극의 특징상, 경제학 언어는 극 초반에 밧사니오가 안토니오에게 자신의 삶 스타일을 설명하는 데 영향을 미친다. 그는 이렇게 말한다.

> 난 지금까지 재산을 탕진해 왔네.
> 미미한 내 재산으로는
> 감당할 수 없을 정도로 분수에 넘치는
> 낭비를 해왔기 때문일세.
> 이제 그런 호사스러운 생활수준을
> 낮춰야 하는 것 때문에 불평하는 건 아니지만 (1.1.123-7)

보통 "수준"(rate)이라는 단어는 "스타일"(style)이라는 뜻으로 해석되지만, 또한 베니스의 상업 세계에서의 소비 수준을 나타낸다. 샤일록은 안토니오가 "이곳 베니스에서 우리들의 이자율(rate of usuance)"(1.3.42)을 끌어내린다고 말한다. 모로코 군주는 자신이 "자신의 가치대로 평가(rate)"(2.7.26)되는지 궁금해한다. 밧사니오는 자신의 가난함을 포샤에게 설명하려고 애쓰면서 "나 자신을 무일푼이라고 평가(rate)"(3.2.257)한다. 본질적으로 재정과 관련한 단어가 여기에서는 신사적이고 기독교도적인 삶, 즉 고귀하게 사는 삶의 본질을 나타내는 단어로 사용된다.

하지만 셰익스피어의 언어가 종종 그렇듯, 그 단어는 바깥쪽으로 회전해 나아간다. 왜냐하면 샤일록을 향한 안토니오의 태도 역시 "정도"(rate)의 문제이기 때문이다. 방백에서 "이자율"(the rate of usuance)에 대해 말을 한 지 얼마 지나지 않아 샤일록은 두 개의 명사 rate와 usuance를 한 문장에서 각각 따로따로 좀 더 넓은 의미로 사용한다.

> 안토니오 나리, 나리께서는
> 리알토에서 여러 번이나 제 돈과
> 제 이자에 대해 욕하셨지요. (1.3.103-5)

이제 명사에서 동사로 변한 rate라는 단어는 욕지거리라는 뜻을 나타낸다. 안토니오는 샤일록의 이자율 때문에 그를 호되게 꾸짖는다. 한 사람의 이자율은 또 다른 사람의 꾸지람을 들을 이유가 된다. 샤일록의 이자율은 그를 고리대금업자로 변화시키고, 샤일록이 이미 그 극단까지 확대해석한 서투른 말장난, "육지 도적들이 있고—해적들(pirates) 말입니다" (1.3.23)에서도 적용된다.

안토니오의 상선들은 해적과 폭풍우, 암초와 파도의 위험에 처해 있다. 그러한 사업이 위험할 수는 있지만, 안토니오는 사치스러우면서도 신중한 모습을 보여왔다. 그의 재산의 많은 부분이 이러한 모험적인 사업에 깊게 관련되어 있으며, 그에게는 다른 사람들이 대출을 위해 담보로 사용할 수 있을 만한 충분한 금전, 유동 자산이 없을지도 모른다. 하지만 그는 위험을 분산시키는 것을 선택했다. 대출을 확정하는 장면에서 샤일록이 밧사니오에게 상기시키듯이, "상선 한 척은 트리폴리스로 향하고 있고, 다른 한 척은 인도로 향하고 있지요. 더구나 리알토에서 들은 바로는 세 번째 상선이 멕시코에 있고, 네 번째 상선은 영국을 향하고 있으며 다른 재산들도 모두 해외에 흩어져 있다." 흩어져 있다는 것에는 중요한 의미가 있다. 샤일록은 안토니오의 모험적 사업이 매우 위험하며, 그러한 사업은 피할 수 없는 손실과 실패를 초래할 가능성이 높다는 것을 암시한다. 이런 점에서 보면, 안토니오는 약간 밧사니오와 비슷한 인물처럼 보인다. 자신의 재산을 무모하게 흩어버린 또 다른 인물이기 때문이다. 하지만 그러한 사업은 놀라운 이익을 거둘 수도 있다. 고리대금이나 단순한 일반 이자 수입이 기대할 수 있는 것을 훨씬 뛰어넘어 수천 퍼센트의 투자 수익률을 거둘 수 있는 것이다. 그것은 마치 복권 뽑기 같을 수도 있지만, 영국에는 그런 단 한 번의 여행에서 얻은 수익으로 엄청난 부자가 된 상인들이 많았다. 중상주의 문화 배경에서 위험을 무릅쓴 투자는 위험하지만 종종 부를 얻는, 아주 성공적인 길이었다.

이러한 시각에서 바라보면, 안토니오가 자신의 상선들을 무역을 위해 내보내는 것은 밧사니오가 맨 처음에 3천 더컷을 빌릴 필요가 있었던 이유와 매우 유사하다. 벨몬트로의 여행은 바다 항해이며, 위험한 모험이다. 여러 척의 다른 배들을 바다에 내보내서 위험을 분산시키는 안토니오와는 달리, 밧사니오는 빚에서 벗어나기 위한 필사적인 노력에 자신의 돈, 아니 안토니오의 돈 전부를 쏟아 부을 것이다. 밧사니오의 최초 설명에 따르자면, 벨몬트로의 여행은 포샤의 머리칼을 이아손과 아르고호의 선원들이 찾으러 간 황금 양털에 비유하는 유사성을 전제로 한 여행, 즉 서사적 탐색이 된다. 포샤는 획득해야 할 신화적 목적물에 지나지 않는다. 그녀의 머리칼은 양털이 되고, 그녀의 머리 일부분은 머리칼이 매달려 있는 관자놀이가 되는 것 이상의 종교적 의미를 갖지 못한다. "그녀의 빛나는 머리칼은 황금 양털처럼 그녀의 관자놀이에 걸려 있다." (1.1.169-70) 밧사니오가 (안토니오의 상선들의 모험과 같은 또 다른 위험한 모험인) 복권 뽑기에서 올바른 선택을 할 때, 그라시아노는 "우리는 이아손처럼 황금 양털을 얻었네"(3.2.241)라고 말하면서, 그 이미지는 다시 반복된다. 아마도 이 표현은 밧사니오가 안토니오에게만 내밀히 사용한 것이며, 자신의 모험의 의미를 천박하게 만드는 평가이기에 그가 포샤에게는 결코 큰 소리로 말하고 싶지 않은 표현이었을 것이다. 하지만 그런 감정도 그라시아노를 막지는 못한다.

낭비와 행운

그러나 정확하게 밧사니오는 왜 그 돈이 필요한가? 베니스에서 벨몬트로 가는 모험 여행에서 밧사니오가 겪는 것으로 보이는 서사적 탐색과, 포샤가 그녀의 하인 발사자에게 변호사 벨라리오를 방문하도록 지시할 때 설명하는 파두아에서 베니스로 가는 여행 사이에는 엄청난 차이가 있다.

> 그가 네게 주는 서류와 의복을 받아
> 제발 전속력으로 선착장으로 달려가
> 베니스로 가는 여객선으로 가지고 오거라.(3.4.51-4)

위 대사로 미루어 볼 때, "선착장"(traghetti)을 이용하는 정기적인 대중 운송 체계가 있는 듯하다. 선착장이라는 의미를 나타내는 이탈리아어 traghetti는 셰익스피어가 traject라는 영어식 표현으로 만들었다. 밧사니오는 이 대단한 모험 여행을 위해 고상한 신분에 어울리게 장식을 하고, 포샤와의 결혼으로 자신이 유지하고자 하는 익숙한 스타일의 옷으로 빼입을 필요가 있는 반면, 포샤는 이 모험 여행을 진행하는 전혀 다른 방법을 제시한다. 그것은 단지 여객선 시간표를 점검하고 다음 여객선을 타는 것이다.

포샤 자신이 베니스로 가는 여행은 변장을 하고 "정원 대문 앞에서/우리를 기다리고 있는"(3.4.82-3) 마차를 탄 채로 편안하게 시작한 여행일 수는 있지만, 이것은 『좋으실대로』에서 로잘린드가 변장하고 아든으로 향하는 위험한 여행과는 다르며, 또한 『십이야』에서 난파당한 바이올라의 절망적인 변장과도 다르다. 변장이 발각되는 난처한 상황이 될 수도 있고 또는 법정에서 실패할 수도 있지만, 그것은 발각되는 것보다 더 위험한 것은 아니다. 포샤가 남자 역을 하는 자신에 대해 네리사에게 길게 설명하는 내용을 보면, 그것은 사육제(carnival) 때의 변장, 즉 그녀가 효과적으로 수행할 수 있는 연극(60-78)이나 되는 것처럼 들린다. 로잘린드는 조브신에게 술잔을 따라 올리는 자의 이름이었던 개니미드가 된 반면, 포샤는 자신의 하인 이름을 빼앗아 발사자가 된다. (그래서 우리는 발사자 본인은 베니스에 도착할 때 어떤 이름을 사용할지 궁금해할 수도 있다.)

멋진 여행으로 인해 현대 화폐 가치로 환산하면 수십만 파운드의 비용을 쓰게 될 밧사니오는, 상자 추첨을 하기 위해 그렇게 터무니없는 지출을 하는 것이 필요치 않다. 그가 마음을 쏟아야 할 것은 내기에 건 돈이 아니라, 상자 선택의 조건을 기꺼이 받아들이고자 하는 의지다. 즉 결코 비밀을 누설하지 않고 그 후로 결혼을 하지 않아야 한다는 조건을 말하는 것이다. 그는 돈을 쓰는 것을 선택한다. 그는 포샤에게 감명을 주는 것이 아니라, 그들과 동등함을 보여주기 위해 다른 이아손들과 경쟁하는 것을 선택한다. 밧사니오가 일단 빌린 돈을 확보하자, 우리는 그가 자신의 하인들이 벨몬트에서 자신의 지위를 제대로 나타낼 수 있도록 하기 위해 돈을 쓰는 것을 보게 된다. 그는 한 하인에게 "옷을 맞추라"(2.2.107)고 지시하며, 새로운 하인 고보에게는 특별히 "그에게 동료들보다 더 화려한 장식이 달린"(2.2.143-4) 멋있는 의상을 입게 한다. 밧사니오는 안토니오가 그렇게 위험하게 자신의 몸을 보증삼아 구한 돈을 다른 데 사용한다. 그는 그 돈의 일부를 저녁 식사, 즉 여행을 떠나기 전 벌이는 작별 파티에서 "오늘 밤 내가 가장/친애하는 사람들에게 연회를 베푸는 데"(2.2.159-60) 쓸 것이다.

벨몬트에서 그의 경쟁자들 사이에서 멋있게 보이는 것처럼, 베니스에서 친구들과 함께 낭비하는 것은 밧사니오가 안토니오의 빌린 돈을 쓰는 진정한 방식이다. 밧사니오에 관한 한, 이 남성적 경쟁은 중요한 것이고, 이 모험 여행에 들어가는 지출은 그에게 "행운"처럼 보인다. "난 분명 운이 좋아 그 행운(thrift)을/차지할 거라는 예감이 든다네."(1.1.175-6)

우리는 극 중에서 나중에 "행운"이라는 단어를 다시 듣게 될 것이고, 그 단어를 둘러싼 다양한 의미는 이 극이 돈과 관련된 언어를 평가하는 또 다른 부분이다. 이 단어를 세 번 사용하는 사람은 샤일록이다. 안토니오의 증오에 대한 긴 방백에서, 그는 안토니오가 "나와 나의 거래, 그리고 내가 정당하게 얻은 이익(thrift)"(1.3.47)을 욕한다고 불평한다. 그는 라반을 속인 야곱의 술수에 대해 설명하며 "돈 버는 것(thrift)은 축복입니다. 훔치지만 않는다면요"(1.3.87)라고 마무리한다. 그리고 제시카와 얘기하면서 그는, 또 다른 그럴 듯한 도덕 문구에서 그 단어를 사용한다. "단단히 묶어야 빨리 채워진다. 알뜰한(thrifty) 사람에게는 결코 진부하지 않은 속담이지."(2.5.52-3) 샤일록에게는 이익을 얻는 것이 행운의 문제이다.

물론 자신의 재물을 신중하게 다루는 것은 번창하기를 바라는 사람이 따라야 할 좋은 교훈이다. thrift의 한 가지 의미는 자신의 재산을 절약하는 것이다. 햄릿이 호레이쇼에게 아버지의 장례식과 어머니의 재혼이 연속으로 빠르게 이어지는 것에 대해 말할 때, "절약, 절약일세, 호세이쇼. 장례용으로 구운 고기를 결혼 식탁에 차갑게 내놓았다네"(1.2.180-81)라는 대사에서 이 의미를 찾을 수 있다. 하지만 그것은 샤일록이 의미하는 뜻이 전혀 아니다. 『베니스의 상인』에서 thrift는 같은 어원에서 나온 thrive라는 동사와 연관 지을 수 있다. thrift가 "절약"의 뜻을 암시할 수 있는 반면, thrive는 밧사니오에게 사치스러움을 나타낼 수도 있다. 샤일록이 야곱의 술수에 대해 "이게 부자가 된 방법이었고, 그는 축복을 받았지요"(1.3.86)라고 말하듯, 샤일록에게 이 단어는 분명 엄청난 성공을 암시한다. 밧사니오가 thrift를 사용하는 것처럼, thrifty thriving은 행운을 얻는 방법이고, 야곱의 속임수는 이익을 얻을 수 있는 계획이다.

만약 당신이 올바른, 즉 행운의 선택(thrifty choice)을 한다면, 당신은 성공하겠지만(thrive) 금이 반드시 행운을 얻는 성공의 방법은 아니다. 나중에 이 단어는 모로코의 군주가 선택을 하면서 언급하는 대사 끝부분에 등장한다. 그는 금 상자를 선택하면서 "여기에서 선택할 테니, 내게 성공이 임하기를 (thrive)!"(2.7.60)이라고 말한다. 상자를 만들 때 들어간 가장 싼 재질인 볼품없는 납을 선택하는 게 성공적인 선택으로 판명된다. 밧사니오의 여행은, 이익을 얻을 수 있다는 점에서는 성공적이겠지만, 그것을 달성하는 방법은 과거에 그를 재정적인 어려움에 처하게 만든 그 똑같은 "고상한 수준"을 계속 분명하게 유지하는 것이다.

여기, 우리가 우리의 재산을 어떻게 사용할지에 대한 애매모호한 시각이 존재한다. 그리고 이런 애매모호함은 극 중에서 보살핌과 낭비의 갈등에서 중요한 역할을 한다. 밧사니오는 진정으로 성공하기 위해, 납 상자에 쓰인 것처럼 "가진 전부를 내어놓고 모험을 해야"(2.7.16) 한다. 황금 양털을 얻기 위해 전부를 걸고 모험을 해야 하는 것이다. 이는 극에서 마지막으로 사용된 thrift라는 단어의 문제점을 암시한다. 로렌조와 제시카가 포샤가 돌아오기를 기다리는 벨몬트의 달빛 어린 장면에서, 그들은 고전 이야기 중 실패한 사랑 이야기들을 교환한다. 트로일러스와 크레시다, 피라무스와 티스비, 디도와 아이네이아스, 메디아와 이아손의 이야기가 그것이다. 그리고 나서 로렌조는 그들의 이야기로 제시카를 놀리거나 조롱한다.

오늘 같은 밤
제시카는 부유한 유대인에게서 도주해
빈털터리 사랑과 함께 베니스에서 벨몬트까지
도망쳤지요.(5.1.14-17)

로렌조가 사용하는 말은 당황스러울 정도로 애매모호하다. 제시카는 샤일록에게서 도망쳤는가(steal), 혹은 샤일록에게서 돈을 훔쳤는가? 그 "빈털터리 사랑"은 로렌조를 향한 제시카의 무모하고도 절대적인 사랑인가, 혹은 그 사랑이 밧사니오처럼 씀씀이가 헤퍼 그가 제시카를 필요로 하는 만큼이나 혹은 그 이상으로 제시카의 돈을 필요로 하는 로렌조 자신인가?

밧사니오의 모험 여행을 위한 자금 조달 역시 다른 단어에 영향을 미친다. 그것은 가치의 체계를 암시하는 상업적 언어의 또 다른 부분이다. 밧사니오와 대화하는 도중 샤일록은 안토니오가 합당한 담보 제공자인지 아닌지 고려하며 밧사니오에게 "안토니오는 훌륭한(good) 분이시죠"(1.3.12)라고 말한다. 밧사니오는 그를 의심하는 듯한 말을 듣고, "무슨 나쁜 평이라도 들었소?"(1.3.13-14) 하며 화낸다. 샤일록은 사업가답지 못한 이 사람에게 자신이 사용한 good이라는 단어가 무엇을 의미하는지 설명해야만 한다. "호, 아닙니다, 아니, 아니, 아니지요! 내가 훌륭한 분이라고 말씀드린 건 그분 재력이 충분하다는 뜻이오"(1.3.15-17). 충분하다는 것은 밧사니오처럼 파산 상태가 아니라 지급 능력이 있고 쓸 돈이 넉넉하며, 풍족하고 유복하다는 뜻이다. 이것은 안토니오의 신분 문제뿐이 아니라 그가 수입이 좋은 담보제공자인가 아닌가의 문제다. 밧사니오가 듣는 방식에서 "good"이라는 단어가 나타내는 도덕성은, 여기에선 사업 용어로 한정되어 있다. 안토니오가 고결하든 그렇지 않든, 친절하고 관대하고 착하거나 혹은 관습적인 도덕 개념으로 그 단어가 어떤 다른 의미를 나타낸다 하더라도, 그것은 좋은 사업 수완과는 관계없다. 샤일록은 오직 안토니오가 돈을 갚을 능력이 있는가 없는가에만 관심이 있다.

성에 대해 내기하기

이 극은 상업적 투기나 높은 이자를 부과하는 것 외에 다른 돈벌이 방법을 제안한다. 그중 한 가지는 내기다. 포샤는 "뭐든 내기를 걸어도 좋아./우리 둘이 젊은 남자로 변장하면, 내가 더 멋진 남자로 보일 거야"(3.4.62-4)라고 말한다. 또한, 샤일록이 야기한 위협이 벨몬트의 절제된 세계에 갑자기 알려지기 직전, 그라시아노는 아이를 낳는 능력이 돈을 버는 능력이 될 수 있다고 넌지시 말한다. 그는 "천 더컷을 걸고 누가 첫 아들을 얻을지 내기를 해야겠군"(3.2.213-14) 하고 말하며, 돈 버는 것을 그와 네리사가 남편과 아내로서 즐길 성 행위만큼이나 창조적인 것으로 만든다. 네리사는 내기 조건을 어떻게 할 것인지에 대해 "뭐라고요, 판돈을 건다고요(stake down)?"(215)라고 말하며 주저한다. 내기를 정당하게 하려면 돈을 테이블 위에 올려놓아야 한다는 그녀의 대사를 미래의 남편은 다른 방식으로 받아들인다. "아니, 우린 결코 이기지 못하고, 고개 숙이게(stake down) 될 것 같소"(3.2.216-17). 그라시아노는 그녀의 재정적 논의를 전형적인 성적 말장난으로 바꿔놓는데, stake down의 의미를 "무기력한 남성의 성기"라는 뜻으로 장난 치는 것이기 때문이다. 만약 그가 발기가 안 된다면, 천 더컷의 가치가 있는 아들을 얻을 수 없을 것이다. 이런 맥락에서 볼 때, 돈 벌기는 남성다움의 한 표현이다.

그라시아노의 대사에는 성적인 의미의 말장난이 자주 등장한다. 셰익스피어의 드라마 어느 다른 장면에서도 이 극의 결말 같은 말장난은 없다. 하지만 마지막 대사를 그라시아노가 한다는 사실은 약간 불안하게 만드는 것 이상일 수도 있다. 셰익스피어의 희극 중에서 이 극만큼이나 직접적으로 음란한 농담으로 끝나는 극은 없다. "그런데, 내가 살아 있는 동안 네리사의 반지를/안전하게 지키는 것만큼 지독한 걱정거리는 없을 듯합니다."(5.1.306-7) 그가 말하는 "반지"(ring)라는 단어는 그녀의 손가락에 끼는 반지와 그녀의 음부 둘 다를 뜻한다. 이 대사는 오래된 농담을 암시하는데, 그것은 남편이 아내의 정조를 지키는 올바른 방법, 사실 유일한 방법은 그녀의 반지를 손가락에 끼고 있는 게 아니라, 그녀의 질 속에 손가락을 끼워 놓는 것이라는 이야기다.

이 마지막 이미지는 낭만적이지 않다. 그라시아노의 말장난은 끔찍할 정도로 터무니없다. 사랑의 언어는 통제할 수 없는 여성의 성행위에 대한 남성의 두려움을 나타내는 언어가 되어버렸다. 극의 후반부에서 셰익스피어는, 이 손가락에서 저 손가락으로 옮겨 간 반지들에 전적으로 초점을 맞추는 대신, 놀랍게도 우리가 네리사의 음부에 대해 알아야 한다고 요구한다. 현대 공연 작품들은 보통 이 장면의 함축된 의미를 표현하는 것을 주저하며, 그 동음이의어 익살을 그대로 내버려 두고, 관객들의 관심이 그라시아노의 손가락으로 돌아온 반지에 쏠리는 것을 더 좋아한다. 하지만 그 동음이의어 익살은 작품에 실제로 존재하며, 포샤와 밧사니오의 관계에서 중요하게 여겨지는 사랑의 감정들을 위협한다. 이 같은 호색적인 동음이의어 익살은 벨몬트의 낭만적 세계의 품위를 떨어뜨리고, 그라시아노와 밧사니오가 속한 베니스의 난폭하고 너저분한 남성 중심의 문화를 상기시킨다.

포샤의 반지

이 사람 저 사람으로 옮겨 가고 교환되는 포샤와 네리사의 반지는 극 중의 다른 반지와 연관이 있다. 그 반지는 방탕함과 무절제의 또 다른 순환을 나타낼 뿐만 아니라 더컷으로 표현되는 정확한 돈의 액수와 연관되어 있다. 샤일록이 돈과 딸을 잃어버린 것을 튜발에게 하소연할 때, 튜발은 제시카의 행동에 대한 두 가지 소식을 전달한다. "자네 딸이 제노바에서 하룻밤에 80더컷을 썼다더군." 샤일록은 그 소식을 듣고 괴로워한다. "내 가슴에 비수를 꽂는군. 다신 내 금화를 보지 못하겠어. 한번 앉은 자리에서 80더컷이라니, 80더컷!". (3.1.98-102) 하지만 더 나쁜 소식이 이어진다. 안토니오의 채권자 중 한 사람이 튜발에게 "자네 딸이 원숭이와 바꾼 반지 하나를" (3.1.108-9) 보여주었다.

> 빌어먹을 년! 자넨 날 고문하는군, 튜발. 그 반지는 내가 총각일 때, 레아에게서 받은 터키석이네. 원숭이를 떼로 준다고 해도 그걸 주지는 않았을 텐데. (3.1.110-113)

이 두 가지 소식은 엄청나게 다르다. 첫 번째 소식은 단순히 낭비를 나타내는 것이며 샤일록이 다시는 자신의 금화를 되찾지 못하리라는 것을 나타낸다. 그는 돈과 보석들을 잃었다. 그 보석 중의 하나인 다이아몬드는 "프랑크푸르트에서 2천 더컷이나 주고 산" 것이다(3.1.77). 내가 제시한 환율을 이용하면, 우리는 다이아몬드의 가치를 25만 파운드로 계산할 수 있다. 제노바에서 제시카가 먹은 저녁 식삿값은 적어도 만 파운드는 들었을 것이다. 이와 같은 가치 계산은 인용된 금액의 의미를 우리가 이해하는 데 중요한 역할을 한다. 만약 포샤가 밧사니오에게 제안하는 금액이 우리에게 엄청나거나 터무니없어 보인다면, 그 금액은 당시 베니스에서 통용되던 다른 금액들과 비교할 수 있으며, 거금이긴 하지만 허황된 금액은 아니라는 사실을 알 수 있다. 따라서 포샤의 막대한 부가 그녀를 세계에서 가장 부유한 사람들 목록에 올려놓는다 할지라도, 그녀의 부가 동화의 일부가 되진 않는다는 걸 알 수 있다. 밧사니오는 그 부의 일부를 법정으로 가져오며, 관객들은 (지폐는 금화 더미와는 다르게 보이겠지만) 그가 제시하는 6천 더컷을 보게 된다.

이와 유사하게, 제시카의 식비 만 파운드는 우리가 샤일록의 반응을 어떻게 평가하는가에 영향을 미칠 수밖에 없다. 만약 1더컷이 상당히 적은 가치라면, "앉은 자리에서 80더컷"의 지출에 대해 샤일록이 보이는 전율은 그가 인색하다는 것을 나타낼 것이다. 그는 고리대금업자일 뿐만 아니라 구두쇠로도 비난을 받을 수 있다. 하지만 이러한 금액을 염두에 둔다면, 그 충격은 놀랍지 않고 오히려 이해할 만하다. 어린 아이들은 돈을 부모에게서 훔쳤든 훔치지 않았든 "그런 호사스러운 생활수준"(1.1.127)으로 돈을 쓰지는 않는다. 이것은 밧사니오와 같은 부류에서나 쓸 수 있는 지출이다. 또한 샤일록의 반응은 스스로가 돈을 사용하는 정도를 살펴봄으로써 판단할 수 있다. 이는 공연에서 다양하게 표현될 것이다. 어떤 샤일록들은 옷을 화려하게 입고, 자신의 부를 과시하는 부유한 자들이다. 다른 샤일록들은 인색함의 전형이 될 수 있다. 하지만 자신을 위해 돈을 쓰고자 하는 샤일록에게조차도, 제시카가 쓴 80더컷은 그의 안락한 생활을 훨씬 뛰어넘는 낭비로 보이는 게 당연하다.

우리는 금전적인 가치뿐만 아니라 '감상적인 가치'를 가진 물건에 대해 얘기한다. 그리고 만약 '감상적인'이라는 단어가 우리가 경계하는 단어라면, 이러한 맥락에서 그 단어는 정확하고도 매우 고통스러운 의미를 가질 수 있다. 강도 행위는 우리로 하여금 가치로 표현할 수 없는 것을 상기시키고, 보험 회사들이 이해할 수 없는 방식으로 우리가 사물들에 부여하는 의미 따위를 상기시킨다. 우리에게 부모와 조부모를 떠올리는 물건들은 그 보험적 가치가 얼마든, 가치를 헤아릴 수 없을 만큼 우리에게 귀중하다.

이러한 경제적 가치 체계와 이를 부인하는 가치 체계 속에서 반지는 결혼 관계에서 사람들을 맺어주는 상징으로서의 특별한 효능을 갖는다. 셰익스피어의 시대에 반지를 주는 것은 다른 증거가 없어도 법정에서 약혼의 확실한 증거로 받아들이기에 충분히 중요한 사건이었다. 『베니스의 상인』에서처럼, 『심벨린』에서도 이야기는 반지에 부여된 가치에 의거해 진행된다. 포스츄머스는 자신의 아내 이모진과 그녀의 상징인 자신의 반지를 "온 세상이 누리고 있는 전부보다 더"(1.4.75) 귀하게 여기던 태도에서, 그 반지가 특정한 값어치를 지니고 따라서 이모진도 특정한 값어치를 지닐 수 있다고 받아들이는 태도로 마음을 바꾼다. 그는 악당 야키모와 이모진의 정조를 걸고 내기를 하며, 야키모의 만 더컷에 해당하는 교환의 수단으로 그 반지를 건다(1.4.128-9).

재판 장면 후에, 포샤가 감언이설로 밧사니오에게서 자신의 반지를 빼앗으려 애쓸 때, 그는 반지의 금전적 가치와 사랑의 증표로서 반지가 갖는 의미 사이의 차이를 인정한다. "이 반지에는 값어치 이상의 사연이 있습니다."(4.1.431) 아마도 관객들은 당연히 그러겠지만, 그는 전에 포샤가 반지를 그에게 전해 줄 때, 그 반지가 지닌 포괄적인 의미를 규정했던 것을 생각해 내고 있을 수도 있다.

> 이 집과 하인들, 그리고 저 역시
> 제 주인이신 당신의 것입니다. 모두 이 반지와 함께 드립니다.
> 당신이 이걸 빼거나 잃어버리거나 혹은 다른 이에게 준다면
> 그것은 당신의 사랑이 식어버린 것을 암시하므로
> 제가 당신을 크게 비난할 것입니다. (3.2.170-74)

그 반지는 부, 지위, 사랑의 양도를 의미하며 더 중요한 것은 가부장제의 교환 과정을 통해 아버지와 남편 사이의 이전이라는 함정에 걸린 여성이자, 밧사니오의 상자 선택으로 "죽은 아버지의 유언"(1.2.24)을 따르는 길 외에는 어떤 남성과도 결혼하지 못하는 괴로운 상태에서 구원받은 여성인 포샤 자신의 양도를 의미한다. 따라서 포샤의 요구, 더 정확히 말하면 발사자의 집요한 요구에 직면하자, 밧사니오는 다음과 같이 제안한다. "베니스에서 가장 비싼 반지를 드리겠습니다./방을 붙여서라도 그걸 찾아내겠습니다."(4.1.432-3) 여기에서 돈은 목적이 아니다. 그는 얼마를 써서라도 반지를 넘겨주지 않으려 할 것이다. 하지만 결국 그는 안토니오의 요청에 굴복하여 반지를 주는 것에 동의한다. 안토니오의 요청은 의도적으로 그가 밧사니오의 삶 양면에 부여하는 가치를 대립시킨다.

> 밧사니오, 그 반지를 그분께 드리게나.
> 그분의 공로와 더불어 나의 사랑이
> 자네 아내의 명령 못지않게 소중하지 않겠나. (4.1.446-8)

안토니오는 조심스럽게 한편으로는 공로와 사랑을 다른 한편으로는 아내의 명령을 비교 대상으로 삼는데, 이는 의도적으로 균형이 맞지 않는 둘을 비교한 것이다.

재판 장면의 클라이맥스에서 그가 이제 막 샤일록의 칼을 받아야 하는 순간, 안토니오는 마지막 작별 인사를 밧사니오와 포샤의 관계에 그가 끼어든 것에 빗대어 관련지었다.

> 자네의 훌륭한 아내에게 안부 전해 주게.
> 그녀에게 안토니오의 마지막 모습을 말해 주고 전해 주게.
> 자넬 어떻게 사랑했는지….(4.1.270-72)

위 인용문 마지막 행의 서두 운율은 교묘하다. 약강격의 운율이고 사랑의 방법을 전해 달라는 지시인가(Say *how* I *loved* you), 아니면 강약격의 운율이고 포샤의 사랑보다도 밧사니오를 향한 안토니오의 사랑을 전해야 한다고 강조하는 것인가(*Say* how *I* loved *you*)? 안토니오는 두 개의 사랑, 즉 같은 사람을 향한 자신의 사랑과 포샤의 사랑을 비교한다.

그에 대한 응답으로, 밧사니오는 경제학의 정확성을 뛰어넘는 가치의 비전, 즉 가치를 정하는 교환 체계를 벗어나 있는 어떤 것을 요약한다.

> 안토니오, 난 내게 생명만큼이나
> 소중한 아내와 결혼했네.
> 하지만 내게는 생명도 아내도 온 세상도
> 자네의 목숨보다 소중하게 여겨지지 않는다네.
> 자네를 구하기 위해서라면, 난 모든 것을 잃어도 좋네.

그 모두를 여기 이 악마에게 바쳐도 좋네.(4.1.279-84)

반지 안에 구체화되어 있는 포샤의 부의 목록, 즉 "이 집, 이 하인들, 그리고 바로 저 자신"은 상업적 구조에서 정확하고 분명한 의미를 갖는다. 하지만 밧사니오의 목록은 그렇지 않다. 그의 목록은 "온 세상"과 같이 그가 줄 수 없는 것들까지 포함한다. 포샤의 반응이 불쾌하게 나타나는 것은 당연하다. "당신 아내가 그런 제안을 하는 당신 말을 옆에서 듣는다면/당신에게 별로 고마움을 표하지 않을 것 같군요."(4.1.285-6)

우리가 두 사람 사이에서 상대를 향한 동성애적 욕망의 정도를 어떻게 읽는다 할지라도, 밧사니오 또는 안토니오가 그들의 관계에 부여하는 가치는 포샤와 밧사니오의 결혼을 위협할 수 있는 것이다. 1994년 시카고에 있는 굿맨 극장 공연을 위해 미국 연출가 피터 셀러스가 연출한 특이하고도 호기심을 불러일으키는 작품에서는, 포샤가 극의 결말에서 안토니오에게 세 척의 상선이 안전하게 귀항한 사실을 알리는 봉인된 편지를 건네주지 않았다. 사실 그 장면은 작품의 플롯에서 뻔히 고안해 낸 순간인데, 셰익스피어는 다음과 같은 그녀의 말로 그 점을 부각시킨다. "어떤 묘한 사건으로 제가 이 편지를 우연히 얻게 되었는진/알려드리지 않겠어요."(5.1.278-9) 셀러스는 포샤가 말없이 커다란 수표를 써서 안토니오에게 주도록 연출한다. 이것은 그가 남편의 삶에서 사라져 멀리 떨어져 있어야 한다는 분명한 표시이다. 이 결혼에서 안토니오의 사랑을 위한 공간은 없었다.

제시카의 반지

마지막으로 제시카가 샤일록의 반지를 훔친 장면으로 돌아가 보자. 터키석으로 만든 반지를 잃어버린 샤일록의 슬픔은 그 반지의 금전적 가치와는 상관없다. 그는 그 반지에 값을 매기지 않는다. 대신 그는 반지의 역사를 말하며, 그것을 자신의 삶과 연관시킨다. 패트릭 스튜어트는 (필립 브록뱅크가 편집한 『셰익스피어의 배우들』에서) 샤일록 역을 맡았던 자신의 연기를 분석하면서, 그 반지를 "한 여인이 그녀의 애인에게 준 순수한 선물, 아마도 약혼반지"라고 설명했다. 나는 "아마도"라는 표현에서 느껴지는 망설임을 제거하고 싶다. 그 반지는 "내가 총각일 때"(3.1.111-12), 샤일록과 레아의 약혼을 규정하는 선물로 여겨진다. 그 반지는 샤일록을 향해 그의 미래의 아내가 보여주는 사랑을 나타내며, 그가 그 반지에 부여하는 가치에서 그가 자신의 아내를 향한 사랑을 나타냈다. 스튜어트는 "총각"이라는 단어가 많은 것을 내포하고 있다고 여겼다.

> 그 단어는 샤일록이라는 인물에 대한 우리의 이미지를 깨트리고, 우리는 그를 한때 총각이었던 사람으로 본다. (…) 셰익스피어는 샤일록의 이력을 쓸 필요가 없다. 그 두 행이 모든 것을 말해 준다.

이 상심한 젊은이가 어떻게 샤일록을 둘러싼 압도적인 상실감을 지적하는지는 놀랍다. 셰익스피어의 많은 아내들과 어머니들처럼, 레아는 눈에 보이지 않고 널리 알려져 있지도 않지만, 샤일록의 대사에서 사랑과 고통 이상의 어떤 것을 듣는 것은 어렵다. 이 사랑과 고통의 두 가지 감정은 오직 재잘대는 원숭이들만이 사는 황량한 세상에서 함께 포착된다. 원숭이는 엘리자베스 시대 음욕의 상징이었다. 제시카의 애완동물은 특별히 반지의 잔인한 대체물인 것처럼 보인다. 그리고 반지를 파는 선택, 즉 대체 행위 그 자체는 그녀의 잔인함을 나타낸다. 왜냐하면 제시카가 그녀의 부모를 연결시켜주는 약혼 기념품인 그 반지의 의미를 몰랐을 것 같지 않기 때문이다. 그녀의 도둑질은 아버지의 집을 지옥으로 여기는 그녀의 반응으로 ("우리 집은 지옥이다", 2.3.2), 이 극의 또 다른 복수 행위로 여길 수 있다.

그러한 억압에서 도망치면서, 제시카는 아버지를 남편인 로렌조와 바꾼다. 한 남성의 손에서 다른 남성의 손으로 수동적으로 넘겨지는 대신 그녀는 결혼을 통해 스스로 사회적 이동을 선택한다. 어쩌면 그녀는 로렌조와 결혼할 만한 가치가 있는 여성일 수도 있다. 로렌조는 제시카가 포샤를 하늘의 신들과 관련지어 칭찬한 후에, "아내로서 포샤가 그런 훌륭한 여성이라면/당신에겐 내가 바로 그런 훌륭한 남편이오"(3.5.78-9)라고 자신을 칭찬하는 대답밖에 할 줄 모르는 놀라울 정도로 품위 없는 베니스 남성의 오만함을 보여주는 인물이기 때문이다. 작품에 등장하는 여성들 중, 제시카는 스스로의 선택권을 요구하면서 매우 특별한 개입을 하는 인물이다. 그런 선택권은 포샤는 누릴 수 없는 것이거나, 혹은 적어도 그녀가 통제할 수 있기 때문에 받아들이지 않기로 하는 권리다.

제시카는 자기 행동의 의미와 가치를 통제한다. 하지만 그녀의 개종이 돼지고기 값에 미치는 영향처럼, 그 결과는 그녀의 통제를 벗어나 돌기 시작한다. 극이 마지막으로 베니스에서 벨몬트로 옮겨 가고 유대인들이 극에서 사라지자, 오직 제시카가 드러내는 모순적 감정만이 남는다. 그녀는 비난받을 종교적 중간 지대에 남아 있으며 유대인인지 기독교인인지 분명치 않다. 더구나 그녀의 가치는 더욱 더 불분명해지고, 그녀는 극에서 갈수록 말이 없어진다. 결말에 이르러 행동을 통제하는 인물은 극의 최종 무대감독인 포샤다. 그녀의 지배는 여성의 행위에 대한 남성의 견해에 통제권을 넘겨주어야 하는 때까지다. 여성에 대한 남성의 견해가 지배하는 상황에서는 더컷으로 표현되는 금전적 가치, 혹은 더컷을 넘어서는 가치를 반지들이 더 이상 나타내지 못하고, 단지 성적인 소유와 남성이 공포를 표현하는 가치를 나타낼 뿐이다.

『베니스의 상인』은 등장인물 중 소수의 여성에게 행동할 수 있는 특별한 힘을 부여한다. 흔히 공연에서 포샤는 점점 더 독립적으로 보이고, 결국에는 아버지의 유언으로부터 자유로워지며 분명히 남편의 뜻에도 종속되지 않는다. 벨몬트의 동화 같은 이야기에서 셰익스피어는 그러한 자유가 가능할 수도 있다고 암시하는 것처럼 보인다. 베니스의 가혹한 현실에서, 여성들은 어쨌든 로렌조와 제시카, 랜슬럿과 그의 무어 여자의 경우와 같은 분별없는 결합 이상은 할 수 없는 것처럼 보인다. 거기에서 제시카의 힘은 그저 돈을 훔쳐 달아나는 것에 한정된다. 비록 벨몬트의 전혀 다른 시각으로 바라보았을 때 극의 결말에서 베니스의 경제적 세계가 지닌 가혹한 현실이 부각되지 않는다 하더라도, 그것은 남성들이 여성들을 향해서 그리고 서로를 향해서 행동하는 방식에 대한 상당히 비관적인 시각을 거의 경감시키지 못한다. 샤일록의 경우만을 제외하면 많은 등장인물의 돈 문제는 해결되었다. 밧사니오, 로렌조, 그리고 안토니오는 모두 다시 부를 얻는다. 하지만 극의 결말을 넘어서서, 관계의 문제들은 불분명한 상태로 남아 있고, 특별히 고무적이지도 않다. 제시카가 로렌조를 선택한 것은 손해 보는 거래를 한 것인가? 안토니오는 밧사니오와 포샤의 결혼에서 어떤 입장을 취하게 될 것인가? 밧사니오는 진정으로 개심했는가? 셰익스피어는 관객들에게 스스로 결정하도록 내버려 둔다. 어떤 관객은 등장인물들의 미래를 확신할 수도 있고, 다른 관객은 오히려 덜 그럴 수도 있다. 벨몬트에서의 그러한 관계의 문제들에 비해, 베니스에서의 돈과 인종 문제는 명확할 정도로 분명해 보인다.

『베니스의 상인』 공연의 역사

『베니스의 상인』은 400년 동안, 사실상 전 세계에서 공연되어 왔다. 연극 무대, 텔레비전, 라디오, 음성 기록과 영화를 통한 이 작품의 공연 역사는 배우, 연출가, 그리고 디자이너 들이 작품에서 얻은 선택을 탐구한 방식들에 대한 풍부한 증거다. 각 작품은 원작 해석뿐만 아니라 공연 작품의 문화, 역사적 배경에 기초해 결정 내리고 있으며, 인쇄된 엘리자베스 시대 극작품이 남겨놓은 공간과 틈을 채워 넣는 작업의 결과다. 대사는 어떻게 처리해야 할까? 등장은 어떻게 이루어져야 할까? 등장인물은 어떤 종류의 의상을 입어야 할까? 배우들은 무대 공간에서 어떻게 배치되어야 할까? 배우들은 무대에서 어떻게 퇴장해야 할까? 1596년이나 1597년 글로브 극장에서부터 현재까지 그 극이 극장에서 공연될 때마다 이 질문들에 대답해야 했다. 이는 무시할 수 없는 문제들이다. 공연에서의 모든 순간은 우연이건 계획된 것이건 결정의 산물이다. 이 선택들의 일부가 『베니스의 상인』에 대한 우리의 이해에 어떤 영향을 미칠 수 있는지에 대해 설명하기 위해, 우리는 극을 서재와 무대 위 양쪽에서 탐구한다. 그 극의 많은 가능성을 어떻게 실현해 왔으며 어떻게 실현할 수 있을까를 탐구하는 것이다.

현대 극장에서 한 극작품에 대한 우리의 기억과 생각들은 눈에 보이는 것에서부터 시작하는 경향이 있기 때문에, 나는 대신 두 개의 소리, 벨몬트에서의 소리와 베니스에서의 소리로 시작하고 싶다. 밧사니오가 세 개의 상자 중에서 선택하기 위해 움직일 때, 포샤는 "음악을 울려라"(3.2.43)라고 명한다. 그리고 뒤이어 음악의 의미에 대한 긴 분석을 덧붙인다. 이 극은 음악으로 가득 차 있으며, 그 의미와 효과에 대한 분석으로 가득 차 있다. 이 극 전체에 걸쳐 자주 인물의 등장을 위한 연주가 있으며, 이 순간에는 포샤가 음악을 요청하는데 이는 노래로 나타난다. 로렌조와 제시카가 포샤를 기다릴 때 들려오는 음악에 대한 로렌조의 묘사(5.1.55-7)는 너무나도 강력해서, 본 윌리엄스는 그 일부를 「음악을 위한 세레나데」(Serenade to Music)로 너무나 아름답게 따로 구성했다. 그리고 로렌조가 요청하는 새벽의 찬미가 또한 관객들의 귀에 울려 퍼진다. 어떤 공연 작품은 원작이 요청하지도 않는 음악을 선택할 수도 있다. 조너선 밀러는 1970년 공연 작품의 결말을 제시카가 홀로 무대 위에서, 죽은 자들을 위한 유대인들의 기도인 카디쉬 소리를 듣는 것으로 장식했다. 트레버 넌 역시 1999년 그의 작품에서 제시카 혼자 그녀의 아버지가 2막 5장에서 노래했던 덕망 있는 여성을 찬양하는 히브리 노래를 듣는 것으로 끝냈다. 음악은 이 작품의 공연 경험에서 매우 중요한 부분이 될 수밖에 없다.

하지만 밧사니오가 선택을 하는 동안, 아니 좀 더 일반적으로 공연에서 그가 선택에 관한 긴 대사를 시작하기 전에 상자들 주위를 천천히 걷는 동안, 관객들이 듣는 노래는 그 자체가 문제이다. 그 노래의 첫 번째 운율—bred, head, nourished—은 모두 밧사니오가 선택해야 하는 'lead'(납) 상자와 연관되어 있다. 마지막 단어(nourished)를 강조해서 표현하는 곡은 우리에게 그 노래가 힌트라는 사실을 알려준다. 장례 종소리에 대한 노래의 묘사는 납으로 만든 관을 마음속에 떠오르게 한다. 노래가 전하는 메시지는 '환상'의 근원인 눈을 믿는 것을 경고하고 있으며, 따라서 겉모습을 넘어 바라보라는 권면이다. 만약 그것이 진정으로 밧사니오에게 어떤 선택을 해야 하는지를 알려주기 위해 의도된 것이라 하더라도, 그것은 즉각 받아들여지지 않고 그는 결정을 가늠하며 30행도 넘는 대사를 한다. 만약 포샤가 아버지의 유언을 기만하고 있는 것이라면, 그녀는 밧사니오에게 말했던 것처럼 그녀 자신의 맹세를 어기는 것이 될 것이다. ["올바른 선택법을/가르쳐 드릴 수도 있죠./하나, 그럼 전 맹세를 깨뜨리게 돼요."(3.2.10-11)] 또한 연출가들은 아마도 한 사람의 가수로 하여금 노래를 부르게 하는 원래의 선택을 따를 것인지, 아니면 포샤 자신을 포함해서 일종의 무대 위의 합창단이 노래를 부르게 할 것인지를 결정해야 한다.

더욱 중요한 것은 상자를 선택하는 이 세 번째 장면이, 어떤 상자가 올바른 상자인지를 포샤가 알고 있다는 사실을 처음으로 나타낼 수 있다는 점이다. 이 장면에서 그녀는 힌트를 줘야 한다는 새로운 압박에 시달리기 때문이다. 어떤 포샤들은 항상 올바른 답을 알고 있는 반면, 다른 포샤들은 그가 옳은 선택을 할지 아닐지를 모르기 때문에 모로코 군주가 금 상자를 선택할 때 긴장한다. 정답을 모르는 포샤는 아라곤의 군주가 금 상자를 선택하려고 할 때 기뻐할 수도 있지만, 은 상자 안에 무엇이 들어 있는지 알고 난 후에야 그녀 아버지의 수수께끼에 대한 답을 알고 마침내 안도할 수도 있다. 어쩌면 그녀는 관객들과 마찬가지로 해답을 알아가는 중인지도 모르며, 그것이 초반 장면들에서는 극적 긴장을 증가시킬 수 있다. 다른 선택들을 위한 노래는 없었지만, 힌트가 주어지건 주어지지 않건, 선택의 고통은 여전히 지속될 것이다. 하지만 그것은 포샤만의 고통일 텐데, 왜냐하면 관객들은 납 상자가 올바른 선택이고 극이 원래 그렇듯 밧사니오가 올바른 선택을 할 거라는 사실을 알고 있기 때문이다.

다음으로 생각해 볼 두 번째 소리는 샤일록의 목소리다. 외모뿐 아니라 목소리도 베니스의 기독교인들과 다른 샤일록은 이방인으로서의 그의 신분을 드러낸다. 이는 극단적으로 표현할 수도 있다. 샤일록 역을 맡은 앤토니 셔(로얄 셰익스피어 극단, 1987)는 1막 3장에서 터번을 두르고, 레반트의 유대인을 나타내는 긴 외투를 입고, 몸을 낮게 웅크린 채 밧사니오와 안토니오에게 인사했다. 그의 억양은 너무 강해서 때때로 알아듣기 힘들었다. 그보다 3년 전에 로얄 셰익스피어 극단에서 샤일록 역을 맡은 이안 맥디아미드 역시 강한 억양을 사용했지만, 이번에는 마치 그의 모국어가 이디시 말인 듯 구사했다. 하지만 베니스의 유대인은 이디시 말을 구사하지 않았을 것이다. 어떤 작품이 특정한 비 르네상스 시기를 암시할 때는 목소리 선택의 효과가 훨씬 더 놀라울 수 있다. 로렌스 올리비에 (국립극장, 1970)는 가짜 이를 부착했고, 그 결과 발음이 끊어지는 효과를 냈는데, 예를 들어 speaking이나 meaning과 같은 단어에서 마지막 g 발음을 생략함으로써 기독교인들의 비위를 맞추거나 기독교 상류층의 목소리를 흉내 내려는 시도처럼 들렸다. 데이비드 캘더(로얄 셰익스피어 극단, 1993)는 바로 가까운 현대를 배경으로 한 공연에서 마치 현대 증권거래소에서처럼 컴퓨터와 휴대폰을 갖추고 다른 베니스인들과 똑같은 외모와 목소리를 보여주지만, 안토니오에게 자신이 "훌륭하신 나리, 나리께서 지난 수요일 제게 침을 뱉으셨지"(1.3.123)라고 말해야 하는지를 물어보면서, 마치 '제가 이렇게 말해야 되지 않나요?'라고 말하듯이 유대인 억양을 서툴게 모방하는 습관 속으로 빠져들었다.

  샤일록의 목소리가 어떻든, 그의 의복은 아마도 관객들에게 그가 얼마나 건강이 좋은지, 혹은 그보다는 자주 자신을 저녁 식사에 초대한 사람들 곁에 그가 얼마나 편안하게 어울리지 못하는가를 보여주는 표시가 될 것이다. 최초의 샤일록이 어떻게 보였는지 우리는 잘 모른다. 베니스 유대인들에 대한 당대의 많은 삽화들이 있다 하더라도, 챔벌레인 경 극단이 그들의 샤일록을 그런 스타일로 옷을 입혔는지 그렇지 않았는지는 알 길이 없다. 19세기 후반에 제작된 작품에서는 프록코트를 입은 올리비에가 정장 모자를 벗고 자신의 챙 없는 유대 모자를 드러내기 전까지는 기독교인들과 구별할 수 없었다. 기독교에 동화된 또 다른 인물인 캘더는 재판 장면에서 유대 모자를 씀으로써 새롭게 찾은 자신의 종교적 정체성을 강조했다. 앤토니 서가 받아들여지는 것을 거부했던 것만큼이나 캘더는 분명히 받아들여지기를 원했다. 존 바튼이 로얄 셰익스피어 극단을 위해 연출했던 두 명의 샤일록, 1978년의 패트릭 스튜어트와 1981년의 데이비드 수쳇은 같은 시기에 공연을 했지만, 의상을 통해 부에 대한 그들의 태도를 보여주는 방식은 완전히 정반대였다. 현대식의 두툼한 오버코트를 입은 수쳇은 어느 모로 보나 로스차일드 가문의 백만장자 거물이었다. 커다란 하바나 시가를 피우면서 자신의 부를 과시하는 부유하고 거만한 인물이었다. 스튜어트는 그 스스로 말한 것처럼 "가장자리가 찢어지고 얼룩이 묻은 초라한 검은색 코트, 담뱃재로 더러워진 조끼, 다리에 맞지 않는 짤막한 검은색 헐렁한 바지에, 보잘것없는 낡은 장화를 신고, 오래되어서 누렇게 변한, 칼라가 없는 셔츠"를 입었으며, "손으로 말은 조그만 싸구려 담배를 피웠고, 꽁초는 나중에 사용하기 위해 소중히 간직했다." 스튜어트가 연기한 샤일록은 수쳇이 연기한 국제적인 은행가 샤일록만큼이나 부자였지만, 무엇보다도 구두쇠였고 부 자체를 위해 부를 축적했으며, 당연히 동정심이 훨씬 적은 인물이었다.

샤일록을 연기하는 문제에서 가장 중요한 점은 관객의 동정심의 정도이다. 1700년에 조지 그랜빌이 각색한 작품에서 샤일록은 중심인물일지 모르지만, 희극적 인물이었다. 1741년에 찰스 맥클린이 그 인물에 대한 획기적인 해석을 시도했는데, 그의 샤일록은 거의 반세기 동안 런던에 등장한 유일한 샤일록이었을 것이다. 그는 샤일록을 엄청난 악당으로 만들었으며, 그의 지독한 악의는 때로 무서울 정도였다. 1814년 에드먼드 킨은 "나이 들어 등이 굽은 노쇠한 늙은이였으며, 정신적으로도 문제가 있어 다루기 어려웠고, 치명적인 악의로 이를 드러내며, 가슴에 품은 독은 그의 얼굴 표정에 분명하게 드러나 있었다." 하지만 윌리엄 해즐릿(찰스 에델만 본인이 편집한 판본에서 인용한 대로)에 의하면, 거기에도 뭔가 새로운 것이 있었다. 독일 작가 하인리히 하이네는 킨을 지켜보던 도중 한 여성 관객이 "저 불쌍한 남자는 학대당한 겁니다"라고 큰 소리로 말하는 것을 들었다. 이는 그동안 맥클린의 샤일록에 대해서는 아무도 말하지 않은 것이었다.

1879년 헨리 어빙이 연기한 그 유대인은 어느 모로 보나 모로코 의복을 입은 이방인으로 보이도록 연출되었다. 어빙으로 하여금 그 역할 연기를 결심하게 만든 게 바로 한 모로코계 유대인의 모습이었기 때문이다. 하지만 그 자신의 분석에 따르면, 어빙의 유대인은

> 단순한 개인이 아니라, (…) 거대한 종족의 유형 (…) 리알토에서 유명한 인물이었다. 아마도 유대교 회당에서 가장 중요한 인물이며, 자신의 혈통을 자랑스러워하고, 자신을 비웃는 기독교인들보다 도덕적 우월감을 지닌 인물이었으며, 종교가로서 그의 복수가 거룩한 정의를 수행한다고 믿기에 충분한 광신적 인물이었다. (제임스 C. 불만 본인이 편집한 판본에서 인용)

이 샤일록의 고통은 무대에서의 유명한 동작으로 가장 잘 표현되었는데, 저녁 식사 후에 집에 돌아와서 문이 열려 있는 것을 발견하고, 제시카가 사라진 것을 알게 되면서 가장 완전한 절망감을 나타냈을 때였다. 당시 포샤 역을 맡았던 엘렌 테리는 그녀의 『자서전』(1932)에서 다음과 같이 칭찬했다. "참으로 단순한 방법으로 얻은, 비할 바 없는 비애감에 대한 것인데, 난 극장에서 지금껏 그에 필적할 만한 것을 보지 못했다." 비애와 긍지의 이러한 결합은 샤일록을 괴롭히는 자들을 특별히 안도하게 만든다. 그런 인물이 강제로 기독교인으로 개종

『베니스의 상인』 공연의 역사 235

당한다는 것은 끔찍한 조롱거리였기 때문이다.

샤일록의 마지막 퇴장 장면은 많은 배우들이 그 인물에 대한 자신들의 해석을 강조하기 위해 사용하는 순간이다. 어빙은 비탄에 잠긴 늙은이처럼 문 앞에서 주저앉았다. 올리비에는 위엄 있게 퇴장했지만, 그 후에 고통에 찬 그의 신음소리가 무대 밖에서 들려와 무대 위와 극장에서 그 소리를 듣는 사람들을 오싹하게 했다. 스튜어트는 비굴한 태도로 불만스런 웃음을 터뜨리며 자신의 유대 모자를 휙 집어던졌다. 필립 보스(로얄 셰익스피어 극단, 1997년)는 밧사니오가 바닥에 뿌려놓았던 더컷들 위로 미끄러져 쓰러졌다가 마침내 어색하게 그리고 고통스럽게 비틀거리며 일어섰는데, 그때 그라시아노가 심술궂게 그의 머리에서 유대 모자를 낚아챘다. 샤일록은 비명을 지르며 손으로 머리를 가린 채 그라시아노와 밧사니오에게 밀려 무대 밖으로 쫓겨났다. 스튜어트는 끝까지 동정받기를 거부한 반면, 보스는 우리의 동정을 결코 포기하지 않았다. 그들은 같은 인물을 연기했지만, 관객들에게서 완전히 정반대의 반응을 이끌어냈다. 그들을 향한 반응뿐만 아니라 그들을 괴롭히는 자들을 향한 정반대의 반응을 이끌어낸 것이다. 물론 그 작품이 드러내는 태도는 그것이 제작된 배경에 지대한 영향을 받을 수 있다. 샤일록에 대한 처리는 나치 독일이나 유대인 대학살을 경험한 이스라엘에서는 다르게 나타난다. 연출가들도 관객들에게 유대인이 무엇을 나타내는가를 재고하도록 요청할 수 있다. 피터 셀러스(굿맨 극장, 시카고, 1994)는 아프리카 출신 미국 배우들에게 유대인 역을 맡김으로써, 우리에게 한 종교 집단에 대한 처우를 현대 미국에서 여전히 억압받고 있는 또 다른 인종에 대한 처우와 비교해 보도록 요구했다.

등장인물 중 많은 수가 비슷한 반응의 문제들을 제기할 수 있다. 모로코 군주를 전형적으로 희화화하거나, 혹은 자신을 실수하게 만들었던 오만함을 깨닫고 충격을 받은 심각한 인물로 표현할 수 있다. 밧사니오는 매력 있는 비열한 인물이거나, 혹은 포샤의 사랑을 받을 만큼 성숙한 인물일 수도 있다. 안토니오는 위엄 있는 자산가가 될 수도 있고, 혹은 그가 사귀는 친구들 사이에서 매우 불편한 인물이 될 수도 있다. 그는 거리낌 없이 즐거워할 수도 있고, 자신의 연인을 잃어버릴 것을 예상해서 슬퍼할 수도 있다. 또는 초기 근대 영국의 감수성과는 먼 개념이지만 그는 자신의 성별에 불편함을 느낄 수도 있고, 밧사니오를 향한 그의 이루어지지 않은 욕망이 그의 행동에 미치는 감정적 힘에 당황할 수도 있다. 로렌조는 사랑스러울 수도 있고 또는 거만할 수도 있다. 그라시아노는 익살스러울 수도 있고 또는 쉽게 흥분하는 인물일 수도 있다. 극장에서 (그들 이름의 희극적 표현인) '살라드'로 알려진 다른 베니스의 기독교인들은 (빌 알렉산더가 1987년에 제작한 작품에서처럼) 쾌활한 인물일 수도 있고, 인종차별주의자나 반유대주의자일 수도 있으며, 혹은 극의 주요 행위에 중립적인 존재들이 될 수도 있다.

일부 공연 작품들은 상연하기에 분명히 더 쉬운, 극의 반을 차지하는 베니스에 모든 에너지를 쏟아붓고, 극의 구성이 두 세계 사이의 정교하게 연결된 균형에 의존한다는 것을 잊어버린다. 무대 장치 설계자들이 두 공간의 재현을 통해 도움을 주거나 혹은 유사하게 불균형적으로 만들어버릴 수도 있는 균형 말이다. 어빙의 공연 작품 이전의 여러 해 동안 샤일록을 연기하는 인기 배우들은 극이 5막을 완전히 생략해 버리고 재판 장면으로 끝나기를 기대했다. 등장인물들, 특히 제시카와 안토니오가 5막의 상황에서 어떤 모습으로 존재하는가 하는 문제는 공연을 통해 과거에 유대인 여성과 (현대 용어로) 동성애자 남성 같은 아웃사이더들이 벨몬트와 기독교식 결혼 세계에 새롭게 편입할 수 있는가 아니면 이방인으로 남을 것인가를 보여주는 수단이 될 수 있다. 어떤 안토니오들은 결말에서 밧사니오와 포샤와 함께 팔짱을 끼고 퇴장하는 반면, 다른 안토니오들은 홀로 무대 위에 남아 되찾은 부를 기뻐하거나, 혹은 사랑에 정신을 빼앗긴 신혼부부에게 배제당해 절망하는 모습을 보여준다.

재판 장면의 클라이맥스, 안토니오가 죽음을 준비하고 샤일록이 복수를 준비할 때—안토니오는 죽음을 꺼리거나 또는 간절히 바랄 수도 있고, 샤일록 역시 살해를 꺼리거나 또는 간절히 바랄 수 있다—포샤가 던진 "잠깐 기다리시오"(4.1.302)라는 한 마디는 이미 진행 중인 행동을 멈추고, 그 장면의 전체 움직임을 역전시킨다. 포샤의 역할은 극 중에서 단연코 결정적이며, 그녀는 극 후반부에서 플롯의 많은 부분을 통제하는 인물이다. 이 순간에 그녀로 하여금 "잠깐 기다리시오"라고 말하게 하는 것은 무엇인가? 종종 포샤 역을 맡은 배우는 기독교인들의 기도 소리보다 더 크게 소리를 질러야 했다. (그리고 심지어 그 장면에서 포샤가 많은 유대인들과 함께 있었을 때는, 유대 기도문 소리보다 더 크게 소리쳐야 했다). 페기 애쉬크로프트(스트래트포드, 1953)처럼, 그녀는 안토니오와 칼을 준비하고 다가가는 샤일록 사이로 뛰어들어야 할지도 모른다. 그녀는 벨라리오를 통해 해결책을 알고 있으면서도 샤일록에게 마음을 바꿀 기회를 더 주기 위해, 그리고 밧사니오의 사랑을 원하는 그녀의 경쟁 상대 안토니오를 더 고통스럽게 만들기 위해, 마지막 순간에 그것을 드러내기로 선택했는가? 아니면 차용증서와 법률서를 필사적으로 검토하다가 마침내 예상치 못한 해결책을 찾아낸 것인가?

현재 극의 형식으로는 우리가 그 질문에 대한 분명한 답을 얻을 수 없으며, 우리 역시 답을 원하지 않을 것이다. 『베니스의 상인』은 우리를 위해 그런 결정을 내리는 것을 거부한다. 대신 다른 가능성과 결과 들을 저울질할 수 있는 즐거움을 허락한다. 이미 면책 조항을 알고 있는 포샤는 마지막 순간에 가까스로 해결책을 찾아내는 포샤와는 전혀 다른 인물이다. 어떤 공연은 우리가 전에는 전혀 생각지도 못한 공연 방식을 보여줄 수도 있고, 우리가 전에 가정한 것을 확인시켜 줄 수도 있다. 처음부터 끝까지 거의 끊임없이 지속되는 선택의 과정을 통해 『베니스의 상인』은 작품의 의미에 대해 새로운 흥미를 느끼게 한다.

판본에 대하여

셰익스피어의 극(『베니스의 상인』)에 대해 알려진 최초의 기록은, 간행물 관리 권한을 가진 런던의 서적출판 조합 기록부의 1598년 7월 22일 등록 기록에서부터 시작한다. 제임스 로버트라는 이름의 인쇄업자가 '베니스의 상인, 혹은 베니스의 유대인이라 불리는 책'을 등록했다. 2년 후에는(1600), 다음과 같은 기록이 존재한다. "베니스의 상인에 관한 가장 탁월한 역사. 그의 살을 1파운드 베어낼 때, 샤일록의 극단적인 잔인함과 함께 그 상인에게 내려지는 법률. 그리고 세 개의 상자 선택을 통해 포샤가 얻는 것. 챔벌레인 경 극단에서 여러 번이나 상연했음. 윌리엄 셰익스피어가 쓴 작품." 텍스트의 첫 번째 페이지와 각 페이지 상단에 다는 난외 표제에 쓰인 제목은 "베니스의 상인의 희극적 역사"이다. 극에 대해 이렇게 묘사한 게 셰익스피어라고 생각할 근거는 없다. 오히려 인쇄업자가 만들어낸 듯하다.

(우리가 첫 번째 사절본이라고 부르는) 이 작품의 첫 번째 판

본은 아마도 셰익스피어 원고에 매우 가까운 원고를 활용하여 인쇄한 것으로 여겨진다. 그 원고는 극장에 연습용 복사본으로 보관되어 있던 셰익스피어 자신의 초기 원고일 수도 있다. 무대 지시문 중 두 개는 명령형("편지를 개봉하라", 3.2.236; "음악을 연주하라", 5.1.68)이고, 아마도 이는 극장의 배우에게 대사를 일러주는 대본에 가까운 것이라는 점을 알려준다.

첫 번째 사절본은 이 작품의 텍스트에 대해 우리가 믿을 만한 유일한 근거이다. 그것은 1619년에 윌리엄 재거드가 재인쇄했지만, 최초 판본의 날짜(1600)와 최초 인쇄업자(제임스 로버트)의 이름은 표지에 잘못 기록되어 있었다. (이 판본은 두 번째 사절본으로 불린다). 이 판본은 첫 번째 사절본에서 몇 가지 명백한 오류를 정정하지만, 또한 두 번째 사절본 자체의 새로운 오류들을 드러낸다. 이 작품은 1623년에 (F로 불리는) 셰익스피어의 이절본에서 재인쇄되었다. 이절본의 인쇄업자는 첫 번째 사절본을 그의 사본으로 이용했다. 그 과정에서 일부를 정정했고, 몇몇의 새로운 오류들이 생겨났다. 두 번째 사절본과 이절본의 수정 사항들이 작가의 동의를 얻었다고 생각할 만한 근거는 없다. 그것들은 아마도 인쇄소에서 내린 지적인 추측이었을 것이다.

주석

『베니스의 상인』은 수많은 성서적 인유를 담고 있다. 이 주석에는 셰익스피어가 교회에서 들었을 판본인 비숍스 성경(Bishop's Bible)에서 인용했다. 이 성경은 1568년에 처음 출간되었으며, 1611년 킹 제임스 판본으로 대체될 때까지 영국 교회에서 공식적으로 사용했던 번역본이다. 어떤 장면에는 메리 여왕의 통치 기간 동안 영국의 신교 망명자들이 만들어 1560년에 제네바에서 처음 출간된 제네바 번역본을, 흥미롭고 비슷한 어투를 보여주기 위해 인용했다. 셰익스피어가 이 판본을 읽었을 가능성도 있다. 모든 성경 인용은 현대어 철자로 표기했다.

제목

1600년의 사절본(첫 번째 사절본) 표지에는 "베니스의 상인의 가장 탁월한 역사"라고 되어 있으며, 난외 표제는 "베니스의 상인의 희극적 역사"로 되어 있다. 1619년의 두 번째 사절본은 표지의 제목을 약간 고쳐 "베니스의 상인의 탁월한 역사"라고 썼으며, 난외 표제는 첫 번째 사절본의 제목을 그대로 유지했다. 1623년의 이절본에는 간단하게 "베니스의 상인"이라고 되어 있다. 조지 그랜빌은 1701년에 자신의 각색본을 "베니스의 유대인. 희극"이라는 제목으로 출간했다.

주해

1막

1장

1) 두 번째 사절본에는 세 인물 솔라니오, 살라리노, 그리고 살레리오가 등장한다. 살라리노는 살레리오의 중복 표현인 것으로 보인다.
2) 안토니오의 이해할 수 없는 우울증에 대해서는 많은 설명이 있다. 셰익스피어가 각색한 초기 판본의 영향이라는 설명도 있고, 밧사니오와의 이별 때문이라는 설명도 있다. 혹은 나중에 그가 겪을 비극적 사건에 대한 불길한 예감 때문이라는 설명도 자주 언급된다. 그런가 하면 우울증은 사치스러운 생활로 나약하고 둔감해진 부자들의 질병이라는 설명도 있다. 또한 이 이해할 수 없는 우울증이, 평소에는 현명하고 신중한 안토니오가 샤일록이 제안하는 그런 계약서에 서명하는 경솔한 행동을 하게 되는 이유라는 설명도 있다.
3) 이 이름은 이탈리아의 해군 사령관 안드레아 도리아를 지칭한다고 알려져 왔으며, 1596년에 카디스에서 붙잡힌 스페인의 커다란 돛배 성 앤드류 호와 관계가 있는 것으로도 여겨진다.
4) 로마 신화에 나오는 두 얼굴을 가진 신으로, 하나의 머리에 두 개의 얼굴이 서로 등을 맞대고 반대쪽을 바라보고 있는 모습이다. 달력에서 첫 번째 달인 1월(January)은 등장과 퇴장, 시작과 끝을 동시에 나타내는 이 신의 이름에서 따온 것이다.
5) 트로이 전쟁에 등장하는 그리스 군의 영웅 중 가장 나이가 많은 인물이며, 지혜와 진지함의 전형이다.
6) 신약성경 「마태복음」 16장 25절 "누구든지 제 목숨을 구원코자 하면 잃을 것이요" 라는 말씀을 암시하는 대사이다.
7) 『좋으실대로』(As You Like It) 2막 7장 140행에서 우울한 귀족 제이키즈가 "모든 세상은 하나의 무대이고 모든 남녀는 배우에 불과하다" 라고 말하는

대사를 연상시킨다.
8) 간은 중요한 신체기관으로 심장과 뇌와 연결되어 있으며 사랑과 격렬한 감정이 자리잡는 곳으로 여겨졌다.
9) 석고는 조각에 사용하는 매우 민감한 재료로, 교회의 기념판과 묘비는 주로 석고로 되어 있다.
10) 구약성경 「잠언」 17장 28절 참조. "미련한 자라도 잠잠하면 지혜로운 자로 여기우고 그 입술을 닫히면 슬기로운 자로 여기우느니라."
11) 신약성경 「마태복음」 5장 22절 참조. "형제를 대하여 미련한 놈이라 하는 자는 지옥 불에 들어가게 되리라."
12) gudgeon은 흔히 미끼로 사용하는 민물고기로, 속기 쉬운 사람을 뜻한다.
13) 사랑을 찾는 연인을 거의 성인의 반열에 올려놓고 있다.
14) 셰익스피어는 포샤의 이름에 상당한 의미를 부여한 듯하다. 포샤의 이름은 영어에서 가벼운 동음이의어로 여겨질 수 있는 portion의 의미가 내포되어 있는데, 이는 '상속'이나 '지참금'이라는 의미를 함축하고 있다. 브루투스는 카시우스와 함께 시저를 암살했는데, 브루투스의 아내 포샤는 당대에 정직하기로 유명한 카토(영어 이름은 케이토)의 딸이었다. 카토는 시저의 적이기도 했다.
15) 그리스 신화에 등장하는 이아손(영어 이름은 제이슨)은 콜키스(영어 이름은 콜코스) 왕으로부터 황금 양털을 되찾기 위해 많은 영웅들과 함께 콜키스 해안으로 가는 모험을 한다. 아르고 호의 선원들과 콜키스 해안에 당도한 그는, 콜키스 왕의 마법사 딸 메디아의 도움으로 황금 양털을 얻는다. 무사히 고국으로 돌아온 이아손은 숙부인 펠리아스를 몰아내고 왕위에 오르며, 메디아를 아내로 맞이한다. 콜키스의 왕은 포샤의 아버지처럼 아르고 호의 선원들에게 그들의 지혜를 시험하는 세 가지 문제를 냈다.

2장
16) 이 이름은 아마도 '검은 머리칼'을 암시하는 이태리어에서 유래한 것으로 보인다. 이는 포샤의 황금 머리털과 대조를 이룬다.
17) 포샤가 1막 2장 벨몬트에서의 첫 장면에서 사는 게 지겹다고 말하는 것은, 1막 1장의 베니스에서 안토니오가 우울하다고 말하는 것을 되풀이하는 것으로 보인다.

18) 셰익스피어 시대에 나폴리인들은 특히 승마기술로 유명했다.
19) 제임스 1세의 딸이 팰러타인 백작과 결혼했다.
20) 그리스의 철학자인 에페소스의 헤라클레이토스를 가리킨다. 로마의 시인 유베날리스는 인간의 소망이 얼마나 헛된 것인가를 풍자하면서 웃는 철학자 데모크리토스와 우는 철학자 헤라클레이토스를 대조했다.
21) 스코틀랜드와 프랑스 사이의 오랜 동맹 관계를 암시하는 것으로 여겨지는 데, 이는 엘리자베스 여왕에게는 지속적인 골칫거리였다.
22) 독일 라인 강 유역에서 생산되는 백포도주로, 적포도주보다 더 선호된다고 평가받는다. 윌리엄 터너는 1568년 영국에서 인기 있던 와인을 설명하면서 다음과 같이 말했다. "라인산 포도주는 대개 마시기 전에 적어도 1년 이상은 숙성시킨 포도주다. 따라서 흔히 1년이 넘지 않는 적포도주인 클라레 와인보다 더 오래된 포도주다."
23) 시빌(Sibyl)은 시빌라(Sibylla)라고도 하며 그리스 전설 문학에 등장하는 여자 예언자이다. 오비디우스의 『변신』(Metamorphosis)에서는 아폴로 신에게 장수를 선물로 달라고 청한 인물이다.
24) 그리스 신화의 아르테미스 여신이며, 사냥과 순결의 여신이다.
25) 몽페라토 가문은 967년에 생겨났으며, 수세기 동안 이탈리아의 북부지방 롬바르디아의 주도권을 놓고 사보이 가문과 갈등을 겪었다. 이 가문은 십자군 전쟁 내내 주도적인 역할을 했으며, 1175년에 베니스와 광범위한 무역을 하던 데살로니카 왕국을 이어받았다.
26) 『햄릿』 3막에서 오필리아가 당대 모든 사람의 귀감이 되는 이상적인 인물로 햄릿을 가리켜 사용했던 표현을 연상시킨다. "the courtier's, soldier's, scholar's, eye, tongue, sword" (3.1.151-2)
27) 『오셀로』 5막 2장 132행에서 데스데모나가 타락한 여자였다고 주장하는 오셀로에게 "당신은 더 시커먼 악마야"라고 외치는 에밀리아의 대사 참조.

3장
28) 샤일록의 이름이 어디에서 유래했는지에 대한 견해는 여러 가지다. 먼저 히브리어로 욕심쟁이를 가리키는 단어 'shallach'에서 유래했다는 견해다. 엘리자베스 시대에는 고리대금업자를 가리키는 단어로 자주 사용되었다. 두 번째는 확실치 않은 방언 shallock에서 유래했다는 시각이다. shallock은 게

으로고 너절한 사람을 의미한다. 좀 더 그럴듯한 주장은 어느 정도 도덕성을 나타내는 표현이라는 시각이다. 즉 비밀과 축재의 뜻을 암시하는 Shy-Lock이라는 것이다. 하지만 이 표현은 영어에서도 사용되었는데, 그 뜻은 흰 머리 Whitelock 혹은 Whitehead와 같은 뜻인 Whitehaired이다.

29) 더컷은 공작이나 총독이 만들어낸 베니스의 금화다. 환율로는 1더컷이 8실링에서 11실링(40~55펜스) 사이의 가치를 지닌다. 대략적으로 2더컷을 1파운드 정도로 보는 것이 적절한 평가다. 그렇다면 셰익스피어의 출생지인 스트래트포드의 학교 선생 연간 수입이 20파운드였던 시대에 거의 천 500파운드에 달하는 3천 더컷의 가치는 엄청난 것이었다. 셰익스피어는 스트래트포드의 대저택들 중의 하나인 뉴플레이스를 60파운드에 샀으며, 『십이야』의 앤드류 에이규치크는 매년 3천 더컷의 수입을 갖고 있었다. 현대 화폐 가치로의 정확한 환산은 불가능하지만, 대출액은 37만 5천 파운드보다 적지 않았을 것이다.

30) 베니스에서 상인들이 흔히 만나는 유명한 장소다. 거래소 혹은 증권거래소.

31) 유대인들과 마호멧 교도 모두 예수의 신성을 인정하지는 않았지만 예언자로서는 인정했다. 나사렛은 잘못된 어원에서 나온 단어이다. 나사렛은(예를 들어 삼손이나 세례 요한처럼) 분명히 특별한 서약을 한 예언자였다. 하지만 1611년까지 모든 성경 영역본에서 그 단어는 나사렛의 거주자 '나자린'으로 잘못 사용되었다.

32) 먹고 마시는 것은 샤일록에게는 성찬식과 같은 신성한 행위다. 따라서 종교적인 배타성이 먹고 마시고 기도하는 세 동사를 통해 똑같이 전달된다.

33) 고대 로마 제국이 고용한 배교자 유대인 세리를 가리킨다. 여기에서 샤일록이 보여주는 세리의 비유는 두 가지 의미가 있다. 첫째는 신약성경「누가복음」 18장의 우화에서 자비를 구하며 뉘우치는 세리를 그가 경멸한다는 점이고, 둘째는 그가 안토니오를 유대인에게서 재산을 강탈해 가는 세리와 동일시하고 있다는 점이다.

34) 샤일록과 안토니오의 관계를 설명해 주는 핵심적인 표현이다. 종교적 인종적 자부심이 상업적 경쟁의식보다 앞선다.

35) 튜발이라는 이름은 분명 성경적 이름이며, 도구나 무기 제조업자인 튜발카인(Tubal-cain)과 관련되어 있다. 그 이름은 또 이방인이나 추방당한 사람들과 연관성이 있다. 이 이름은 그의 동족인 추스(Chus 또는 Cush)와 관련을

맺는데, Cush는 에티오피아의 땅 이름이기 때문에 분명 이방인을 나타내는 듯하다.
36) 이 대사는 구약성경「창세기」27장과 30장에 기록되어 있는 내용을 언급한 것이다. 야곱의 형 에서는 아버지 이삭으로부터 축복을 받아 아브라함 이후 세 번째 상속자가 될 운명이었다. 하지만 야곱의 '지혜로운 어머니' 레베카는 야곱과 함께 공모해서 새끼염소의 가죽으로 눈이 먼 아버지 이삭을 속여 그의 축복과 에서의 상속을 가로챘다. 야곱이 세 번째 상속자가 된 것을 샤일록이 언급하는 것은 자신의 혈통에 대한 자부심과 약삭빠른 책략에 대한 냉소적인 찬성을 드러내는 것이다. 셰익스피어와 당대 성서 독자들은 그 사건에 대한 올바른 시각을 분명하게 알고 있었을 것이다. 제네바 성경에는 "하나님께서 자신의 약속을 실행하실 때까지 레베카가 기다리지 않았기 때문에 이 교묘한 속임수는 비난받을 만하다"라는 주석이 달려 있다. 그리고 셰익스피어가 가장 자주 사용한 것으로 보이는 비숍스 성경에는 "야곱에게 잘못이 없지 않다. 그는 하나님께서 아버지의 마음을 바꿀 때까지 기다릴 수도 있었다"라는 주석이 있다.
37) 라반과 야곱의 이야기는 야곱이 자신의 장인 라반을 어떻게 다루었는지에 대한 의심스러운 설명을 담고 있다. 그리고 이 이야기는 차용증서와 관련된 샤일록의 속임수를 예상케 한다. 이 대사는 비숍스 성경에 기록된 구절—"막대기 앞에서 새끼를 밴 양은 줄무늬가 있고 얼룩이 있는 새끼 양들을 낳았다"—을 반복한다. 하지만 야곱의 행동에 나타난 도덕적 모호성에 대한 안토니오와 샤일록 사이의 충돌은 성경에 달린 주석에 반영되어 있다. 제네바 성경은 "야곱은 여기에서 속임수를 쓰지 않았다. …야곱이 번창하는 것은 하나님의 명령이었기 때문이다"라는 주석을 달고 있다. 비숍스 성경은 훨씬 더 어렵다. "우리의 수고를 통해 얻는 모든 재물의 증가는 하나님의 지시에 따라 찾아져야 한다. …속임수로 피해 보상을 추구하는 것은 합법적이지 않다. 따라서 모세는 나중에 (창세기 31:5) 하나님께서 야곱을 이렇게 가르치셨다는 것을 보여준다." 이러한 전체 구절을 통해서 셰익스피어는 유대인의 민족적 자부심과 종교적, 신학적 주장에 대한 놀라운 통찰을 보여준다.
38) 외양과 실제 사이의 대조는 셰익스피어가 흔히 사용하는 표현이다. 나중에 상자 고르기 장면에서 이 주제가 핵심적인 내용을 차지한다.
39) 어깨를 으쓱하는 것은 당시에 흔히 유대인이 하는 제스처로 여겨졌다.

40) 유대인의 표식에 대해서는 많은 논쟁이 있었다. 부스는 출간된 공연용 판본에서 다음과 같이 썼다. "나는 다른 배우들이 착용했던 어깨 위에 십자가 표식보다는 노란색 뚜껑 모자를 착용하는 것을 더 좋아했다."
41) '이단자'라는 매우 정확한 표현이다. 영어로는 misbeliever인데, 유대인은 unbeliever가 아니기 때문이다. unbeliever는 무신론자를 나타내지만, misbeliever는 잘못 믿거나 이단적으로 믿는 자를 나타낸다.
42) kind를 명사의 의미 그대로 번역하면 '부류' 혹은 '유형'의 뜻을 갖는다. 서문을 쓴 피터 홀랜드의 설명에 따르면, 여기에서 사용된 kind는 kindness와 함께 셰익스피어가 즐겨 사용하는 말장난으로, 사실 부류라는 표현보다는 '짝짓기'라는 표현이 더 적절하다. 자신도 같은 부류가 되기 위해 짝짓기를 제안하는 것으로 볼 수 있다는 뜻이다. 여기에서 샤일록은 친절(kindness)의 의미와, 자신도 기독교인과 같은 부류임을 뜻하는 짝짓기(kind)의 이중적인 의미를 전달하고 있다.
43) 흰 살(fair flesh)이라는 표현은 백인인 베니스인과 약간 더 어두운 피부색을 가진 동양인 샤일록을 아이러니하게 대조하는 의미를 갖는다.
44) 샤일록에 대한 재판 결과를 암시한다.

2막

1장

1) 셰익스피어는 자신의 작품에서 두 명의 다른 무어인을 묘사하는데, 하나는 『타이터스 앤드로니커스』의 아론이고, 다른 하나는 오셀로다. 세 인물 모두가 검은 피부색을 지니고 있지만, 『베니스의 상인』과 『오셀로』에서의 무어인은 위엄 있고 고상한 인물이다. 모로코 군주는 검은 무어인과 대조되는 황갈색 무어인이다.
2) 태양신 아폴론의 다른 이름이다.
3) 군사적 용맹함과 위엄의 표현이다. 고대 영국에서는 외투나 관을 덮는 천의 색깔을 그 사람의 신분을 나타내는 데 사용했다. 붉은색은 용기를 상징하며 주로 왕이나 귀족, 기사, 용감한 병사들이 사용했고, 하얀색은 성직자들이나 처녀 그리고 부인들이 주로 사용했으며, 특히 성직자들의 경우 그들의 직업이나 정직함을 상징했다.

4) 1535년에 터키 황제 솔리만은 페르시아를 침공했지만 성공하지 못했다. 이 대사로 미루어볼 때, 모로코 군주는 솔리만의 지휘관들 중 한 사람인 듯하다.
5) 페르시아의 황제의 칭호.
6) 셰익스피어의 작품에서 곰은 자연의 가장 잔인한 측면 중 하나를 뜻한다.
7) 헤라클레스의 종자.
8) 헤라클레스의 다른 이름.

2장

9) 샤일록은 작품 속에서 자신의 이름보다는 오히려 유대인으로 더 많이 불린다. 이 작품에서 jew라는 단어는 58번 사용되고, jew의 변형인 jewes, jew's, jewish 등으로 14번 사용되며, 샤일록이라는 이름으로는 17번 사용된다.
10) 셰익스피어는 흑을 나타내는 이탈리아어 'gobba'와 꼽추를 나타내는 'gobbo'에서 이름을 빌려와 희극적인 꼽추 가족을 나타내려 했던 것으로 보인다.
11) sand-blind는 반소경 상태를, high-gravel-blind는 장님에 가까운 상태를 표현하며, stone-blind나 totally blind는 완전 소경을 나타낸다.
12) 운명의 세 여신을 가리킨다.
13) 아버지의 축복을 받는 순간 아버지가 털을 만져서 자식을 알아보는 것은 아이러니컬하게 샤일록이 앞서 언급한 야곱의 속임수를 상기시킨다. 몸에 털이 없는 미끈한 피부의 야곱은 새끼양의 털가죽을 이용해서 자신이 형 에서인 것처럼 아버지 이삭을 속였던 것이다.
14) '하느님의 은총은 충분하다'(The grace of God is enough)라는 격언.
15) 아내를 얻어 복을 얻을 수 있는 정도를 알려주는 손금을 가리킨다.

3장

16) 만약 제시카라는 이름이 히브리 어원에서 생겨난 것이라면, 거기에는 '배신'이나 '정탐'의 의미가 함축되어 있다.

4장

17) 가장 무도회에 흔히 포함되는 인물이다.
18) 사순절 첫 날에 참회자의 머리에 재를 뿌리던 습관에서 재의 수요일(Ash

Wednesday)이라는 표현이 생겨났다.
19) 피리의 부는 부분이 휘어져 있지는 않지만, 피리 부는 사람은 그렇게 묘사한다. 항상 고개를 옆으로 돌리고 피리를 불어야 하기 때문이다.
20) 가면무도회 참가자들이 얼굴에 분장한 것을 말한다.
21) 구약성경 「창세기」 32장 10절 참조. "내가 내 지팡이만 가지고 이 요단을 건넜더니 지금은 두 떼나 이루었나이다." 빈손으로 떠나 부자가 되어 돌아온 야곱에 대한 인유다. 샤일록 집안의 엄격함은 야곱의 지팡이에 대한 언급에서 잘 드러난다. 야곱의 지팡이는 그가 자신의 빈약한 무리를 이끌고 요단강을 건넜을 때 그의 힘을 나타내는 수단이었다.
22) 아브라함의 아내, 사라의 하녀였던 하갈의 아들 이스마엘을 가리킨다. 이스마엘은 이삭이 태어난 후 하갈과 함께 추방당했다. 이스마엘은 구약성경 「창세기」 16장 12절에 "난폭한 인물(wild man)"로 묘사되어 있으며, 제네바 성경의 주석에는 "또한 난폭한 당나귀처럼 사납고, 잔인하다"고 기록되어 있다. 샤일록은 비꼬아서 랜슬럿을 반항적인 이스마엘과 동일시하고 있다.

6장
23) 비너스 여신의 마차를 끄는 비둘기들.
24) 신약성경 「누가복음」 15장 돌아온 탕아의 비유 참조.

7장
25) 궁정풍 연애의 전통에 의하면, 여성은 성자 혹은 성물함에 든 성물과 같이 숭배의 대상이다.
26) 히르카니아는 카스피 해의 남쪽에 위치한 페르시아 제국의 한 지방으로, 광활한 사막과 황무지가 펼쳐져 있다.
27) 대천사 미카엘이 용을 짓밟고 있는 모습이 새겨 있는 금화를 가리킨다.
28) 제네바 성경의 신약성경 「마태복음」 23장 27절에 "너는 회칠한 무덤 같으니 겉으로는 아름답게 보이나 그 안에는 죽은 사람의 뼈와 모든 더러운 것이 가득하도다." 같은 표현을 연상시킨다.

8장
29) 베니스의 공작을 가리킨다.

30) 우리는 이 장면에서 솔라니오가 샤일록의 감정적 격분을 우스꽝스럽게 전달하는 것만을 듣게 된다. 우리는 샤일록이 겪는 슬픔은 무대 위에서 결코 볼 수 없다.
31) 영국 해협(The English Channel).

9장
32) 바보의 머리.

3막

1장
1) 도버 해협 북쪽 어귀에 있는 사주 지대로, 항해가 어려운 지역.
2) 터키석은 약혼반지로 쓰이는 자연석이다. 그것은 부부를 화해시켜 주는 역할을 하며, 반지를 착용한 사람의 건강에 따라 반지 색깔이 어두워지거나 밝아진다고 알려져 있었다.
3) 피터 홀랜드는 샤일록이 회당에 가는 목적을 법정에서 깨뜨릴 수 없는 맹세를 준비하기 위해서라고 주장한다. 빅토르 위고는 "회당에 들어서면서 샤일록은 자신의 증오를 신앙이라는 안전장치에 맡긴다. 그 이후로 그의 복수는 신성한 것이 된다"라고 지적한다.

2장
4) 셰익스피어가 사람의 살 1파운드 계약서 플롯에 대한 힌트를 얻었다고 추정되는 실베인(Silvayn)의 『연설가』(Orator, 1596)에는 고문대 위에서 고문을 받고 거짓 자백을 하는 예가 여러 번 등장한다. 당시 엘리자베스 여왕에 대한 암살기도라는 죄목으로 처형당한 여왕의 주치의면서 기독교인으로 개종한 유대인 의사 로페즈는 고문 때문에 거짓으로 고백했노라고 탄원했다.
5) 이 대사는 셰익스피어의 무대 음악에 대한 가장 정교한 분석 중 하나다. 밧사니오가 선택하는 동안 그 노래의 극적, 감정적 의미에 관심을 갖게 만들기 때문이다.
6) 많은 논란을 불러일으킨 무대 지시문이다. 포샤는 10~11행에서 올바른 선택을 하는 방법을 가르쳐 줄 수 있다고 선언했다. bred, head 같은 단어들이

'lead'와 같은 운을 갖는다는 운율과 관련된 독창적인 시각은 그 노래가 '광범위한 힌트'라고 주장한다. 사실 이 주장은 좀 더 정교하다. 노래 자체가 외양에 대한 피상적인 관심을 표현하며, 자신이 태어난 요람인 '눈' (eyes)에서 죽는 '환상'의 죽음을 정확하게 설명하고 있다. 마침내 73행에서 밧사니오는 '그래서'(So)라는 한 단어로 세 상자에 대한 자신의 생각과 노래에서 주장하고 있는 내용을 연결시키고 있다.

7) fancy를 환상이라고 번역했지만, 정확한 표현은 아니다. 이 노래에서 fancy는 실체를 보지 못하고, 외양만을 보고 생겨난 거짓된 상상을 뜻한다. 따라서 이 노래는 밧사니오에게 눈으로 보는 것에서 비롯되는 잘못된 환상을 없애고, 외양이 아닌 실체를 보아야 한다고 가르쳐 준다.

8) 르네상스 시대 베니스의 화가들은 고급 창녀들을 곱슬곱슬한 금발머리로 그리곤 했다.

9) 엘리자베스 시대의 이상적 미인과는 달리, 피부색이 어두운 미인을 가리킨다.

10) 그리스 신화에 등장하는 인물로, 아폴로 신에게 자신이 손대는 것은 모두 황금으로 변하게 해 달라고 청했던 인물이다.

11) 『오셀로』에서 이아고는 오셀로에게 질투심을 조심하라고 하면서 질투심은 초록색 눈을 가진 괴물이라고 말한다.

12) 엘리자베스 시대 초상화의 미학에는 지속적인 모호성이 존재했다. 실존 인물과 닮았다는 사실은 높이 평가되었지만, 사람을 속이는 대상물로 여겨지기도 했다.

13) 이 장면의 희극적이면서도 진지한 어조를 고려한다면, 반지는 오셀로의 손수건과 유사한 의미를 가질 수 있다.

14) 네리사는 『십이야』의 마리아(Maria)와 마찬가지로 평범한 하인이 아니라, 시중을 들지만 집안이 좋은 여성(gentlewoman)이다. 따라서 네리사는 그라시아노와 같은 젠틀맨과 결혼할 만한 충분한 자격이 있다.

15) 고귀한 상인은 royal merchant를 번역한 표현인데, 상인들 중에 최고의 지위에 있는 사람을 가리킨다. 엘리자베스 시대에 가장 유명한 상인이자 은행가였던 그레샴(Gresham)이 이러한 칭호를 갖고 있었다.

16) 튜발은 제페스의 아들이고, 노아의 손자인 인물이다. (구약성경 「창세기」 10장 참조.) 추스는 햄의 아들이고, 노아의 손자 이름인데, 쿠스(Cush)로 불

리기도 한다.

4장

17) 파두아와 베니스 사이의 브렌타 강 가까이에 있는 길 위에 베네딕트 수도원이 있었다. 당시 이 지역에는 베니스의 고관들 소유의 별장이 많았다.
18) 파두아는 이탈리아에서 민법학의 중심지였다.

5장

19) 유대인의 신학 역사에서 끊임없이 언급되는 주제다. 총독 빌라도가 예수를 십자가에 못 박는 결정을 내릴 때, 유대인들은 바라바 대신 예수를 못 박으라고 요구하면서 예수의 피를 자신과 후손들에게 돌리라고 선언했다.
20) 호머의 『오디세이』에 등장하는 메시나 해협의 높은 절벽 동굴에 사는 바다 괴물 스킬라와 카립디스 소용돌이를 가리킨다. 스킬라는 자신의 동굴과 소용돌이 카립디스 사이를 지나는 뱃사람들을 위험했다. 어느 한 쪽의 위험을 피하면 다른 위험을 만나게 된다는 뜻이다.

4막

1장

1) 이 법정의 구조와 상황은 모호하다. 장면이 진행되면서 법정에서 다루는 샤일록의 사건은 민사소송에서 돌연 형사소송으로 변한다. 민사소송의 경우, 베니스에는 40명의 재판관으로 구성된 법정이 있었다. 형사법정의 경우 비슷한 구성이었지만 공작이 재판을 주관했다. 셰익스피어는 이러한 베니스의 법률을 알고 있었다 하더라도, 사실적인 법정 구성에 관심이 없었던 게 분명하다.
2) 고양이는 쥐를 없애기 위해 가정마다 필수적인 존재였다.
3) 그리스의 철학자 피타고라스는 '영혼의 윤회'에 관한 학설을 제안했다.
4) 당시 고리대금업자는 흔히 '늑대'로 불렸다. 그리고 '인간을 물어뜯어 죽인 죄 때문에 교수형 당한 늑대' 속에 있던 영혼이라면, 엘리자베스 여왕의 주치의였던 포르투갈 출신 유대인 로페즈를 연상시킨다. 로페즈는 엘리자베스 여왕을 독살하려 했다는 혐의로 군중 앞에서 교수형에 처해졌고, 그의 시체

는 사지가 찢긴 채 런던 거리를 끌려 다녔다.
5) 포샤의 지위는 모호하다. 그녀는 변호인단의 의견을 전달하는 고문인가? 안토니오의 변호인인가? 아니면 판사인가? 그녀가 판사라면, 그녀의 자리는 판사석이 되어야 할 것이다.
6) 안토니오와 샤일록의 상대적인 의미는 이 작품에 대한 비평과 무대의 역사에서 많은 변동을 겪었다. 랜스도운의 각색본 제목은 『베니스의 유대인』이었고, 19세기경에는 샤일록이 중심인물이어서 4막 마지막에 그가 패배하면 극은 흔히 막을 내리곤 했다.
7) 주기도문을 가리킨다. 주기도문에는 "우리가 우리에게 죄지은 자를 사하여 주는 것처럼 우리의 죄를 사하여 주소서"라는 내용이 있다. 제네바 성경에는 신약성경 「마태복음」 6장 12절에 대한 주석에서 『베니스의 상인』의 주제를 암시하는 구절이 있다. "잘못을 용서하는 자들은 그들의 죄도 용서받지만, 복수하는 자들에게는 복수가 준비되어 있다."
8) 이 대사가 신약성경 「마태복음」 27장 25절의 "그 피를 우리와 우리 자손에게 돌릴지어다"라고 외치는 유대인들의 예수의 심판과 관련된 것으로 본다면, 샤일록은 그 의미를 좀 더 분명하게 하여, 오직 자기 자신에게만 죄를 돌린다.
9) 베니스의 법률은 메디아 사람들과 페르시아 사람들의 법률에서 유래된 듯한, 쉽게 바꿀 수 없는 불변성을 갖고 있었다. 『베니스의 상인』의 출전으로 여겨지는 『일페코로네』에는 다음과 같은 내용이 나온다. "베니스는 법률이 시행되는 곳이었으며, 유대인은 공적으로 법률을 적용받을 수 있는 충분한 권리가 있었다."
10) 다니엘은 '수산나(Susannah)와 장로들의 이야기'에서 현명한 재판으로 수산나를 구한 젊은 재판관이다. 구약성경 「에스겔서」 28장 3절에는 "네가 다니엘보다 지혜로와서 은밀한 것을 깨닫지 못할 것이 없다 하고"라는 구절이 나온다. 우리는 샤일록이 지혜로운 재판관으로 솔로몬을 언급할 것으로 기대할 수도 있지만, 포샤의 젊음을 고려할 때 솔로몬보다는 다니엘이 더 적합하다.
11) 바라바는 폭동의 죄목으로 사형선고를 받았으나, 유월절에 베푸는 자비로운 사면으로 예수 대신에 석방되었다. 바라바를 사면시키고 예수를 십자가형에 처하라는 유대인들의 외침을 고려해 볼 때, 샤일록의 입을 통해 나오는 이 대사는 매우 아이러니컬하다.

5막

1장

1) 5막 1장에 나오는 로렌조와 제시카의 사랑 이야기는 우울한 재판 장면과는 대조되는 우아한 감정을 표현하는 것으로 보는 시각이 일반적이었다. 그렇지만 사실 셰익스피어는 그런 단순한 대조를 거의 즐겨 사용하지 않는다. 두 연인의 장난스러운 태도에는 자신들의 만남을 비유적으로 인용하는 문학적 연인들의 모습을 통해 우울한 감정이 숨겨져 있다. 그들이 언급하는 트로일러스(Troilus), 크레시다(Cressida), 시스비(Thisbe), 디도(Dido)와 메디아(Medea)는 모두 가슴 아픈 이별을 겪거나 버림받은 연인들의 이름이기 때문이다.
2) 트로이의 왕 프리아모스의 아들이며, 헥토르의 동생이다. 그는 자신을 배신한 연인 크레시다를 그리워하지만, 그녀는 그리스 장군에게 도망가고, 트로일러스는 아킬레스에게 살해당한다.
3) 그리스 신화에 등장하는 인물로 피라무스의 연인이다. 피라무스와 시스비는 부모의 명을 어기고, 벽의 갈라진 틈을 이용해 사랑을 속삭인다. 어느 날 몰래 숲에서 만나기로 약속하지만, 먼저 약속 장소에 도착한 시스비가 사자를 보고 놀라 떨어뜨린 베일을 보고 피라무스는 그녀가 사자에게 물려 죽은 걸로 알고 자살한다. 후에 시스비도 피라무스의 시체를 보고 뒤따라 자살한다.
4) 카르타고를 건설한 것으로 알려진 여왕 디도를 가리킨다. 베르길리우스의 『아이네이스』에 의하면, 디도는 트로이 전쟁에서 패배하여 도망치는 길에 카르타고에 들른 트로이의 영웅 아이네이아스를 사랑했지만, 그는 로마를 건국하기 위해 카르타고를 떠났고 디도는 그를 잃은 슬픔에 자살한다.
5) 초서의 『선한 여인들의 전설』(Legend of Good Women)에서 찾아볼 수 있다. 하지만 디도의 이야기보다는 아리아드네(Ariadne)의 이야기를 더 정확히 반영하고 있다. 버들가지는 버림받은 사랑을 상징한다. 데스데모나도 오셀로에게 죽임을 당하기 직전에 버들 노래를 부른다.
6) 메디아는 황금 양털을 구하러 온 그리스의 영웅 이아손을 사랑한 콜키스 왕국의 공주다. 그녀는 아버지와 조국을 배신하면서 이아손을 도와 그가 황금 양털을 손에 넣을 수 있게 해준다. 그리하여 이아손의 아내가 되었으나, 나중에 버림받자 자신의 아이들을 죽여 복수한 여성이다. 메디아는 초서의 작품에서 시스비와 디도와 연관되어 있지만, 보름달이 떴을 때 약초를 캐는 것

은 오비디우스의 『변신이야기』(Metamorphoses) 7장에 기록되어 있다.
7) 그리스 신화에 등장하는 이아손의 아버지. 메디아가 젊음을 되찾게 해준 것으로 알려져 있다.
8) 랜슬럿은 급히 들어오면서 파발마 소리를 흉내 내는 것이다.
9) '별들이 노래한다'는 표현은 많은 출처를 찾아볼 수 있다. 피타고라스의 숫자와 조화의 학설이 그 중 하나인데, 워즈워스는 『소리의 힘에 관한 송시』(Ode on the Power of Sound)에서 이를 되풀이하고 있으며, 플라톤은 『공화국』 10장에서, 셰익스피어와 가까운 시기에는 몽테뉴가 『관습에 관해서』(On Custom)에서, 그리고 훨씬 더 가까운 시기에는 리처드 후커가 『교회의 정책』(Ecclesiastical policy, 1597)에서 언급하고 있다.
10) 사냥과 달의 여신이며, 결혼을 하지 않은 처녀 여신으로 순결을 상징했다.
11) 오비디우스를 가리킨다.
12) 그리스 신화에 등장하는 초인적인 음악 재능을 지닌 인물이다. 아폴론 신이 그에게 리라를 선물했다고 하며, 그가 연주하는 노래와 음악은 너무 아름다워 동물뿐만 아니라 나무와 바위도 춤을 추었다고 한다. 독사에 물려 죽은 아내 에우리디케를 되살리려 지하 세계로 내려가 음악으로 지하 세계의 왕 하데스와 왕비 페르세포네를 감동시켜 아내를 데리고 갈 수 있도록 허락 받지만, 뒤돌아보지 말라는 하데스와의 약속을 지키지 못해 아내를 영원히 잃고 만다.
13) 죽은 자들이 처음 지하 세계에 도착하여 잠시 지나가는 곳으로, 하데스로 가는 도중에 있는 어두운 장소.
14) 엔디미온은 그리스 신화에 등장하는 미소년인데, 삶을 영면으로 보냈다. 달의 여신 셀레네(다이애나)는 누구의 방해도 받지 않고 엔디미온의 아름다움을 즐기려고 그를 잠들게 했다고 한다. 만약 이 대사가 두 연인을 나타내는 거라면, 로렌조가 엔디미온, 제시카가 다이애나 여신이 되는 셈이다.
15) 그리스 신화에 나오는 백 개의 눈을 가진 괴물이다.
16) 남성의 성기를 비유적으로 표현한 것이다.
17) 구약성경 「출애굽기」의 기록으로, 모세의 지도 아래 이집트(애굽)를 탈출한 이스라엘 백성이 광야에 이르러 굶주릴 때 하느님이 내려준 신비로운 양식을 가리킨다.
18) 여성의 성기, 즉 네리사의 성기를 상징적으로 암시하는 것이다.

PENGUIN CLASSICS

1 유토피아 토머스 모어 | 류경희 옮김 | 서문 폴 터너
2 젊은 베르테르의 슬픔 요한 볼프강 폰 괴테 | 김재혁 옮김 | 작품해설 마이클 헐스
3 크로이체르 소나타 레프 톨스토이 | 이기주 옮김 | 서문 도나 터싱 오윈
4 동물 농장 조지 오웰 | 최희섭 옮김 | 서문 맬컴 브래드버리
5 좁은 문 앙드레 지드 | 이혜원 옮김
6 성 프란츠 카프카 | 홍성광 옮김·작품해설
7 도리언 그레이의 초상 오스카 와일드 | 김진석 옮김 | 서문 로버트 미갤
8 노생거 수도원 제인 오스틴 | 홍성광 옮김·작품해설
9 인간의 대지 앙투안 드 생텍쥐페리 | 허희정 옮김 | 작품해설 윌리엄 리스
10 위대한 개츠비 F. 스콧 피츠제럴드 | 김보영 옮김 | 작품해설 토니 태너
11 벤자민 버튼의 시간은 거꾸로 간다 F. 스콧 피츠제럴드 | 박찬원 옮김
   | 서문 패트릭 오도넬
12 아가씨와 철학자 F. 스콧 피츠제럴드 | 박찬원 옮김 | 서문 패트릭 오도넬
13 홍길동전 허균 | 정하영 옮김·작품해설
14 금오신화 김시습 | 김경미 옮김·작품해설
15 소송 프란츠 카프카 | 홍성광 옮김·작품해설
16 지하로부터의 수기 표도르 도스토옙스키 | 조혜경 옮김·작품해설
17~18 이탈리아 기행 1,2 요한 볼프강 폰 괴테 | 홍성광 옮김·작품해설
19 첫사랑 이반 투르게네프 | 최진희 옮김 | 서문 빅터 S. 프리챗
20 차라투스트라는 이렇게 말했다 프리드리히 니체 | 홍성광 옮김
   | 서문 레지널드 홀링데일
21 별에서 온 아이 오스카 와일드 | 김전유경 옮김 | 서문 이언 스몰
22~23 고독의 우물 1,2 래드클리프 홀 | 임옥희 옮김·작품해설
24 오페라의 유령 가스통 루루 | 홍성영 옮김
25~26 기쁨의 집 1,2 이디스 워튼 | 최인자 옮김 | 서문 신시아 그리핀 울프
27 데이지 밀러 헨리 제임스 | 최인자 옮김 | 서문 데이비드 로지
28 이반 일리치의 죽음 레프 톨스토이 | 박은정 옮김 | 서문 앤서니 브릭스
29 대위의 딸 알렉산드르 푸시킨 | 심지은 옮김·작품해설
30 군주론 니콜로 마키아벨리 | 권기돈 옮김 | 서문 앤서니 그래프턴
31 지킬 박사와 하이드 로버트 루이스 스티븐슨 | 박찬원 옮김 | 서문 로버트 미갤

32 주홍 글자 너새니얼 호손 | 김지원·한혜경 옮김
33~34 채털리 부인의 연인 1,2 D. H. 로렌스 | 최희섭 옮김 | 서문 도리스 레싱
35 톰 소여의 모험 마크 트웨인 | 이화연 옮김·| 작품해설 존 실라이
36 로빈슨 크루소 대니얼 디포 | 남명성 옮김 | 서문 존 리체티
37 야간 비행·남방 우편기 앙투안 드 생텍쥐페리 | 허희정 옮김·| 서문 앙드레 지드
38 광막한 사르가소 바다 진 리스 | 윤정길 옮김 | 서문 앤젤라 스미스
39 전원 교향악 앙드레 지드 | 김중현 옮김·작품해설
40 인상과 풍경 페데리코 가르시아 로르카 | 엄지영 옮김·작품해설
41~42 논어 1,2 공자 | 최영갑 옮김 | 논어집주 주자
43 크리스마스 캐럴 찰스 디킨스 | 이은정 옮김 | 서문 마이클 슬레이터
44 켈트의 여명 윌리엄 버틀러 예이츠 | 서혜숙 옮김
45 피터 팬 제임스 매튜 배리 | 이은경 옮김·| 서문 잭 자이프스
46~47 드라큘라 1,2 브램 스토커 | 박종윤 옮김 | 서문 크리스토퍼 프레일링
48 1984 조지 오웰 | 이기한 옮김 | 서문 벤 핌롯
49 자유론 존 스튜어트 밀 | 권기돈 옮김 | 서문 거트루드 힘멜파브
50 오만과 편견 제인 오스틴 | 김정아 옮김 | 서문 비비엔 존스
51 한밤이여 안녕 진 리스 | 윤정길 옮김·작품해설
52 세월의 거품 보리스 비앙 | 이재형 옮김 | 작품해설 질베르 페스튀로
53 그렌델 존 가드너 | 김전유경 옮김
54 7인의 미치광이 로베르토 아를트 | 엄지영 옮김·작품해설
55 왕자와 거지 마크 트웨인 | 김지원·한혜경 옮김
56 소공녀 프랜시스 호지스 버넷 | 곽명단 옮김 | 작품해설 크노이플마커
57 헨리와 준 아나이스 닌 | 홍성영 옮김
58 셜록 홈즈 : 주홍색 연구 아서 코난 도일 | 남명성 옮김 | 작품해설 이언 싱클레어
59 퀴어 윌리엄 버로스 | 조동섭 옮김
60 정키 윌리엄 버로스 | 조동섭 옮김 | 서문 올리버 해리스
61 모피를 입은 비너스 레오폴트 폰 자허 마조흐 | 김재혁 옮김·작품해설
62 오셀로 윌리엄 셰익스피어 | 강석주 옮김 | 서문 톰 매캘린던
63 맥베스 윌리엄 셰익스피어 | 김강 옮김 | 서문 캐럴 칠링턴 러터
64 코·외투·광인일기·감찰관 니콜라이 고골 | 이기주 옮김 | 서문 로버트 맥과이어
65~68 알렉산드리아 4중주 : 저스틴 / 발타자르 / 마운트올리브 / 클레어
　　　로렌스 더럴 | 권도희·김종식 옮김
69 셜록 홈즈 : 바스커빌 가문의 개 아서 코난 도일 | 남명성 옮김

70 사랑에 관하여 안톤 체호프 | 안지영 옮김·작품해설
71 이상한 나라의 앨리스 루이스 캐럴 | 이소연 옮김 | 서문·주해 휴 호턴
　　| 삽화 존 테니얼
72 거울 나라의 앨리스 루이스 캐럴 | 이소연 옮김 | 서문·주해 휴 호턴 | 삽화 존 테니얼
73 햄릿 윌리엄 셰익스피어 | 노승희 옮김 | 서문 앨런 신필드
74~75 제인 에어 1,2 샬럿 브론테 | 류경희 옮김 | 서문·주해 스티비 데이비스
76 목요일이었던 남자 체스터턴 | 김성중 옮김·작품해설
77 리어 왕 윌리엄 셰익스피어 | 김태원 옮김 | 서문 키어넌 라이언
78 메피스토 클라우스 만 | 오용록 옮김·작품해설
79 가든파티 캐서린 맨스필드 | 한은경 옮김 | 서문 로나 세이지
80 공산당 선언 마르크스·앵겔스 | 권화현 옮김 | 서문·주해 개레스 스테드먼 존스
81 80일간의 세계일주 쥘 베른 | 이효숙 옮김 | 서문 브라이언 앨디스
82 무도회가 끝난 뒤 레프 톨스토이 | 박은정 옮김·작품해설
83 월든 〈시민 불복종〉 수록 헨리 데이비드 소로 | 홍지수 옮김 | 서문 앤서니 그래프턴
84 허클베리 핀의 모험 마크 트웨인 | 백낙승 옮김·작품해설
85 인간 불평등 기원론 장 자크 루소 | 김중현 옮김
86 사회계약론 장 자크 루소 | 김중현 옮김
87~88 정글북 1,2 러디어드 키플링 | 남문희 옮김 | 서문 대니얼 칼린
89~90 감정교육 1,2 귀스타브 플로베르 | 김윤진 옮김 | 서문 제프리 월
91~95 레 미제라블 1,2,3,4,5 빅또르 위고 | 이형식 옮김·작품해설
96 더블린 사람들 제임스 조이스 | 한일동 옮김 | 서문 테렌스 브라운
97 말테의 수기 라이너 마리아 릴케 | 김재혁 옮김·작품해설
98 마지막 잎새 오 헨리 | 최인자 옮김 | 서문 가이 대번포트
99 자기만의 방 버지니아 울프 | 이소연 옮김 | 서문·주해 미셸 배럿
100 타임머신 허버트 조지 웰스 | 한동훈 옮김 | 서문 마리나 워너
특별판 시학 아리스토텔레스 | 김한식 옮김 | 머리말 츠베탕 토도로프
　　| 서문·주해 로즐린 뒤퐁록·장 랄로
101~102 작은 아씨들 1,2 루이자 메이 올컷 | 유수아 옮김 | 서문 일레인 쇼월터
103 쟈디그·깡디드 볼떼르 | 이형식 옮김·작품해설
104 반짝이는 것은 모두 오 헨리 | 최인자 옮김
105 어느 영국인 아편 중독자의 고백 토머스 드 퀸시 | 김명복 옮김
　　| 서문·주해 앨리시아 헤이터
106 테레즈 데케루 프랑수아 모리아크 | 조은경 옮김

107 밤의 종말 프랑수아 모리아크 | 조은경 옮김
108 벨아미 기 드 모파상 | 윤진 옮김
109 사물들 조르주 페렉 | 김명숙 옮김·작품해설
110 W 혹은 유년의 기억 조르주 페렉 | 이재룡 옮김·작품해설
111 낙원의 이편 F. 스콧 피츠제럴드 | 이화연 옮김·작품해설
112~113 고흐의 편지 1,2 빈센트 반 고흐 | 정진국 옮김
114 죽은 아버지 도널드 바셀미 | 김선형 옮김·작품해설
115. 비의 왕 헨더슨 솔 벨로 | 이화연 옮김·작품해설
116~117 허조그 1,2 솔 벨로 | 이태동 옮김·작품해설
118~120 오기마치의 모험 1,2,3 솔 벨로 | 이태동 옮김·작품해설
121~122 목로주점 1,2 에밀 졸라 | 윤진 옮김·작품해설
123 카르멘 프로스페르 메리메 | 송진석 옮김·작품해설
124 사랑의 사막 프랑수아 모리아크 | 최율리 옮김
125 독을 품은 뱀 프랑수아 모리아크 | 이화연 옮김·작품해설
126~127 그림 동화집 1,2 그림 형제 | 홍성광 옮김
128~130 안나 카레니나 1,2,3 레프 톨스토이 | 윤새라 옮김·작품해설
    | 서문 리처드 피비어
131 대학·중용 자사·주희 | 최영갑 옮김·작품해설
132 슬리피 할로의 전설 워싱턴 어빙 | 권민정 옮김·작품해설
133~134 파우스트 1,2 요한 볼프강 폰 괴테 | 김재혁 옮김·작품해설
135 두 도시 이야기 찰스 디킨스 | 이은정 옮김·작품해설
136 순수의 시대 이디스 워튼 | 김애주 옮김
137 야성의 부름·화이트 팽 잭 런던 | 오숙은 옮김 | 서문 제임스 디키
138 유년 시절·소년 시절·청년 시절 레프 톨스토이 | 최진희 옮김
139 노예 12년 솔로몬 노섭 | 유수아 옮김
140 베니스의 상인 윌리엄 셰익스피어 | 강석주 옮김 | 작품해설 피터 홀랜드
특별판 보바리 부인 귀스타브 플로베르 | 이봉지 옮김
특별판 잃어버린 시절을 찾아서 스완 댁 쪽으로 / 피어나는 소녀들의 그늘에서
    마르셀 프루스트 | 이형식 옮김